KB120821

거기, 그곳에서

시작시인선 0233 거기, 그곳에서

초판 5쇄 펴낸날 2018년 1월 15일
지은이 이인구
펴낸이 이재무
책임편집 박은정
디자인 이영은
펴낸곳 (주)천년의시작
등록번호 제301-2012-033호
등록일자 2006년 1월 10일
주소 (04618) 서울시 중구 동호로27길 30, 413호(묵정동, 대학문화원)
전화 02-723-8668
팩스 02-723-8630
홈페이지 www.poempoem.com
이메일 poemsijak@hanmail.net

ⓒ이인구, 2017, printed in Seoul, Korea

ISBN 978-89-6021-325-8 04810
       978-89-6021-069-1 04810(세트)

값 9,000원

거기, 그곳에서

이인구

천년의 시작

시인의 말

나의 말은,
아직 닻을 내리지 못했네.

망망한 바다 위에서 흔들리는
저 말, 저 말들을 끌어줄
맞춤한 별자리는 어디에 있는 걸까.

일만 겁을 보내더라도
차라리, 내 손으로 어둠을 벗겨내리라.

차 례

시인의 말

제1부

거기, 그곳에서
—序詩

호랑지빠귀는 땅에 내려야 벌레를 잡고 고양이는 커다란
느티나무 아래서 마냥 기다린다, 다른 길은 없이.
고양이가 속을 다 파먹고 깃털만 남은 껍데기가 아직 있
어도 호랑지빠귀는 다시 날개를 접고 땅에 내린다, 다른 길
이 없이.

어둠이 있다, 있었다 해도
그것은 산산이 부서지기 위해 준비하는 것
상처가 있다, 있었다 해도
널 죽이지 않았다면 그것은 널 키우는 것.*

아름 넘는 느티나무에 오목한 자기들만의 길을 내고야 만
개미들의 쉬지 않은 왕복 여행처럼

너 넘어진 거기, 그곳을 짚고 다시 또다시 일어서야 하
리.**

* 니체.
** 지눌선사.

첫눈

먼 산 밑
적적한 집으로 우편배달부가 왔다
오래 기다린 일이라
편지와 소포가 한꺼번에 많았다
그리도 먼 곳에서 온 소식을
편히 앉아
그저 기다리면서 받은 오늘은
얼마나 행복한 날인지
나는 그간 볼 수 없었던 얼굴들이
죄다 밝게 휘날리며 웃는 모습이나
슬프고 아쉬웠던 일들의
사뿐사뿐 내려앉는 이유들이나
무엇보다도 이런저런 어린 사랑들의
서글서글한 기억들을
하나씩 하나씩 뜯어 읽고 있는데

모처럼 밝은 내 생각의 마디마디마다
모처럼 맑은 내 외로움의 구석구석마다
하나도 잘못 배달된 것은 없이

꽃샘

흰 눈 아직 엄한 한라산 발치에 납작 엎드린 초가 한 귀
퉁이
겨우내 떨다 더 좁아진 중섭의 한 평 반짜리 방구들이 식어
늙은 목련이 서둘러 몇 송이 꽃을 피우고 내려다본다
그런다고 먼 바다에서 봄이 달려오기야 하겠냐마는
마음이 안 됐던 것이다
배고픈 붉은 입을 달래주지 못해 밤새 뒤척이던
가여운 외인外人 마사코가 두 아들의 시린 발을 주무르던
이른 아침에도
영문 모르고 일찍 핀 목련은 찬바람에 언 뺨을 붉히고
깨진 부뚜막, 자빠진 빈 종지 보며 혀를 차던 늙은 나무
는 고개를 외로 틀고 헛기침을 했을 터
무언 동감인가 홑저고리처럼 마음이 쓸쓸하여 초가를 차
마 못 떠나네
내 마음도 봄은 아직 이른가
사각사각 살얼음 지네

봄

쌀 떨어질라 서둘러 논 갈아놓으니

활짝 핀 이팝나무가 흰쌀밥을 담뿍 담아낸다

겨우내 비워진 내 맘의 빈 그릇에

고봉으로 옮겨 담을까

이 봄!

물푸레나무

구름이 구름 속으로
그림자가 그림자 속으로 잠기듯
세상 어느 낮은 곳으로든
한마디 참스러운 말이 잠겨

그곳이, 그 사람들이,
그리고 그들의 말과 꿈들이 푸르러진다면

얼마나 아름다운 이름인가,
물푸레나무.

분꽃

분꽃이 피었다

슬픔이 어디에 숨었다가
노을처럼 잠시 마음 타는 시간에
오래된 노래 부르며 되돌아오듯
어스름에 잠깐

밥 빌어먹으러 놀러 간 집처럼
사는 일이 다 고개 빳빳이 들 만큼 석연치는 않아
누추하게 일찍 집으로 돌아오기나 잘하는 나는
얼굴 마주치지 않는 어둠으로 가기 위해
분꽃을 들여다본다

씨앗 한 봉지 얻어다 화분에 묻어두고 잊어버렸던 분꽃
이 피어
　처음엔 부끄러웠다

하루 내 여름볕을 받아 축 늘어졌다가 다시, 또다시 분
꽃이 피어
　새삼 부끄러웠다

한 포기에, 혼자서만, 혼자라도 분꽃이 자꾸 피어
마음에 부끄러움이 가득하다

꽃을 보는 일이 수월치 않다
부끄러워지면 또 슬퍼지기 때문이다
나도 모르게 익숙한 곡조를 읊조리듯
나도 모르게 나를 들여다보기 때문이다

분꽃이 다시 핀다
무언가, 무언가는 확실히 다른 신분을 감추고
증명서 없이 세상을 들락거리는 자를 검문하듯
어스름에 짧게

우도 국화빵

　우도에 간 날이었습니다. 일기예보 같은 건 관심도 없던 막막한 시절이었습니다. 야구 모자에 장석남 시집 한 권 들고 비를 맞는데, 차로 내리고 쌍쌍이 내리고 우르르 몰려가는 모습이, 저들은 마치 어디 고향집이라도 가는 듯했습니다. 행선지가 있다는 것은 저렇게 외로움과 측은한 모습을 가려주는 갑옷 같은 것이어서, 처음 내린 섬에서 마땅히 갈 곳을 몰라 서성이며 비를 맞는 마음은, 하필 폐가를 어슬렁거리며 먹을 걸 찾는 개처럼 누추한 심연이 다 드러나는 일이었습니다. 섬을 반 바퀴께나 걷는 동안 비는 바람과 함께 굵어졌다 가늘어졌다 하고, 생각은 내내 비보다 추적추적한 것들이었습니다. 그렇게 점점 더, 점점 더 가라앉으며 고적해지고 있었습니다. 등대를 지나 능선을 내려오다 보니 말 한 마리가 긴 줄에 묶여 빙빙 원을 그리며 돌고 있었습니다. 빠르게 뛰기도 하고 속보로, 만보로 걷기도 하며 때로는 서서 하늘도 쳐다보고 갈기를 털기도 하는 것이 오히려 나름 시간 구워삶는 법을 알아낸 놈이었습니다. 담장을 치고 옹기종기 모여 있는 무덤가에 잠시 앉아 맹랑한 이 놈과 눈을 한참 마주치고 있었지만 놈이 먼저 시큰둥해서는 눈길을 거두고 다시 원을 그리며 빙빙 도는 일로 돌아갔습니다. 그토록 아무도 없이, 아무것도 없이 우두커니 떨어진

돌과 같은 하루였습니다. 행선지가 없어 가장 늦게 배에서 내린 자가 제일 먼저 돌아가는 배를 타려 부두로 갔습니다. 내릴 땐 못 봤는데 텅 빈 부두 한쪽에 국화빵 차가 덜렁 있었습니다. 섬에 국화빵이라니. 시집 한 권 들고 비바람 맞으며 다닌 자처럼 생뚱맞다 싶어 마음이 움직였습니다. 국화빵 한 봉지를 사려고 쳐다본 여자는 무거운 짐 실은 배가 바다로 나간 듯, 내려앉은 마음을 둥실 띄울 정도로 하얀 얼굴의 동그란 미인이었습니다. 아무리 한나절을 강제 묵언수행 중이었다 하더라도 입을 열지 않을 수 없었습니다. 눈웃음으로만 넘어갈 수 없자 맑게 웃으며 나오는 대답이 어버~, 어버버~였습니다. 오히려 당황하여 멍청하게도, 멍청하게도 다시 물은 말에도 역시 으어~, 어버버~와 함께 돌아온 손짓이 답이었습니다. 마음에 준비가 너무 없었습니다. 그렇기에 무언가 뜨거운 것이 치밀어 올라왔습니다. 목이 메었습니다. 표정으로 몸짓만으로 충분히 상냥한 모습에 한껏 폼 잡고 마음을 가두었던 껍데기가 산산조각 났습니다. 국화빵 한 봉지를 들고 아직 비어 있는 배를 향해 가는데 바람이 더 세차게 불며 빗방울이 온몸을 때렸습니다. 이마로 눈으로 뺨으로 빗물이 흘러내리는 것 같았습니다. 결국 나는 아무것도 아니었습니다.

홍옥

—SW에게

소문만 남기고 사라진 첫사랑처럼
이젠 찾기 어려운

오랫동안 아쉬움도 없이 잊혀져
너는 이미 멀어진 세상의 고전
아슴한 기억으로만 살아 있었지

그러나, 부석사 오르는 길모퉁이
이 다 빠진 할머니 함지박 위에
여태 발그스레한 여운을 간직한 채
고개도 못 들고 외로 앉은 너

하, 애가 여기 있네
와, 애가 아직도 있네

마주치면 감출 수 없는 저들의 고백
네가 말하지 않아도
둑 터지듯 쏟아지던 그 시절, 그 얘기들

눈 깜빡할 새에 누구의 추억이든

붉디붉은 구슬로 꿰어내는 너

한입 덥석 깨물어
파아란 하늘에 금을 쩌억 내고 싶은

무엇이든 한 번,
다시 사랑해야만 할 시월의 순정!

잠자리

제 생각보다 멀리 난 듯
앉으려다
더 가야 할까
이곳이 맞기는 하는 걸까

넉넉한 수평도 아닌 수직
실은 백척간두와 같은 나무 대궁 끝을 앞에 두고
잠자리 망설인다

저 초조하고 신중한 선회

앉았어도 날개를 접을 수 없는
만 개가 넘는 홑눈들의 긴장
잘 보려, 멀리 보려는 운명의 답답한 피로여

잠자리를 잡았다 놓아준다

놓인 잠자리는 멀리, 단번에 난다
생각하지 않고 망설이지 않고

알 도리 없는 운명에 한 번
제대로 잡혔다 풀려난 연후에야
제 모습을 찾아가는 것일까

이제야 빈집 뒷마당에 홀로 선 나는
어떤 운명에 잡혔다 놓인 것일까

집

산이 듣는다, 나를

산을 듣는다, 내가

내 집은 산을 보고 앉아

내 집은 산을 보고 마주앉아

새들을
나무들을
풀꽃들을
바람 소리를 듣는다

나는,
등 뒤에 너른 세상을 두고

국화

지난밤 내린 찬비 때문인지
부쩍 가을이 산을 내려옵니다

산 아래 서너 채 집들에는 사람도 서넛,
열흘이 다가도록 아무도 오지 않는 집들도 있어
다리쉬임할 곳이 막막한데 말입니다

개마저 마당 구석에서 말이 없던 하루였지만
마지못한 심부름처럼 뉘엿 햇살이 비추자
박씨 할머니 집 울타리를 삥 둘러 국화가 환합니다

그저 한 달 한두 번 들를까, 며느리가 뿌린 씨앗인지
아무렇게나 무더기 져 종류도 색깔도 각각이지만
남편 보내 홀로된 집엔 막 켜진 등불 같습니다

잠옷을 입은 채 종일 문밖을 나오지 않는 할머니 대신
가야 할 가을이 쭈그리고 앉아 들여다봅니다
가슴이 텅 빈 하늘도 먼발치에서 내려다봅니다

그래도 아직은 이 꽃들을 뿌리치기 어렵습니다

산음山陰에서 별을 보다

세상 물리를 깨우쳤는지
별들도 씨알이 작아져

대한大寒 찰진 추위에
성긴 별들이 뚝뚝 떨어진다

낮에는 까마귀 울던 잣나무 아래 서서
빈 잣송이처럼 서성거리며
바스락 소리도 없이 스러진
내 지난 시간들을 뒤적거리고 있었지만

별이 떨어지는 곳엔
가물가물한 모습에도
어김없이 어떤 사랑이 새겨져
별을 보는 눈이
영문 모르는 어린 상주喪主처럼 촉촉하다

별을 올려다보면
그때 그 사람, 그때 그 일들이
오래된 비석처럼 말없이

별마다 그려져 있어

이런 밤은 나무들도 잠들지 못하고
굳은 뼈마디 펴며 귀를 여느라 분주하다

내일 아침이면
간밤 들은 얘기 재잘대느라
계곡 시내가 아주 시끄러울 것이다

그리운 시냇가[*]

그런 시절이 있었습니다.

물풀 사각거리는 소리가 들리도록
돌 서너 개 건너 앉아
말없이 흐르는 시내만 바라보던

바람에 이가 시렸는지
시냇물은 소름 돋게 찰랑거리며
듣게 될지도 모를 이별을 피해 서둘러 흘러가고

마땅한 말을 찾으려 애쓰던 마음은
센바람에 서로 부대끼는 옥수숫대 같았습니다

한때는 잡은 손 잠시도 놓지 않고
나란히 물에 담근 맨발을 간질이며 놀았습니다

좋은 시절이 시냇물처럼 흘러가는 것이 아니라
시냇물 흐르듯
언제나 일 것으로 생각하기도 했습니다

서투른 사랑만큼이나
돌아선 뒤 갈 길을 아주 몰랐던 그때에
왜 꼭 그 말을 했어야 했는지

세상을 한 바퀴 돌아 떨어진 해처럼
오늘, 어둠을 등에 지고 와보았습니다

얼핏 생각만으로도 날 선 칼에
어느 한곳이 뭉텅 베어나간 듯 아팠던
그때 그 시냇가

정말 그런 시절이 있었습니다.

---

* 살바토레 아다모의 「그리운 시냇가(Le ruisseau de mon enfance)」에 부쳐.

코뿔소[*]

알고 보니 미로였네, 그런 사랑은
얼마 가지 못해 벽에 부딪히는

짧은 다리를 재게 움직이듯
너를 향하고, 또 너를 향했지만
눈먼 이가 듣는 그림처럼 겉돌았을 뿐

벽 저 넘어 희망의 일들을 그리며
돌부리에 걸려 넘어져도 일어나곤 했던 것은
태생이 지독한 근시인 신체의 결함을 몰랐던 것

그랬다네, 그 사랑은 혼자만의 사랑
마음의 짐은 과체중처럼 불어가고
상처가 각질이 되어 온몸을 덮는 동안
나는 먼 길을 돌아다니는 외톨이가 되었네

두 눈의 중심을 찌르며 솟은 외뿔처럼
내 사랑은 사랑, 그 하나뿐, 아무것도 없었지만

그 뿔로 인해 나는 죽어간다네.

* 『A Love Idea(영화 Last Exit To Brooklyn Ost)』에 부쳐.

후회

얼음을 깨고 흐르는 시내보다

물오르기 시작한 푸르름보다

새록새록 늘어나는 새들 노래보다

더 부지런한 일들을 난 본 적이 없네

아, 그대와 나

우리 이렇듯 바지런했더라면

누가 아무런 회한도 아픔도 없이 꽃 지는 동백 나무 아래를 지나는가*

그는 잊었네

함부로 그 사랑을 잊었네

고개를 똑바로 쳐들고 크게 웃으며

그 사랑이 없었던 듯 살았네

세찬 비로, 바람으로, 안개로

온갖 꽃으로 늘 세상을 흔들었건만

그는 돌아보지 않았네

그 사랑이 없었던 듯 살았네

이젠 어쩔 수 없네

함부로 사랑을 잊은 자

이 동백꽃 길을 지나게 할 순 없네

막 피어 찰지게 붉은 어린 동백 한 송이

그 사랑을 위하여

더는 참을 수 없는 추억의 이름으로

그의 등뼈를 내리쳤네

함부로 사랑을 잊었던 그는

떨어져 피 흘린 동백꽃들 위로 미끄러져

더 이상 고개 들고 웃지 못했네

* 제주 위미爲美 동백꽃 길에서 넘어지고서.

큰 눈이 온 이유

어성전계곡에 한길 넘게 큰 눈이 내렸단다

여러 해 전 세상 복판에 집 짓고 살 때
틀려도 말하지 못한 비겁이나
제 앞가림이라도 하려는 걱정 따위가
약한 혈관 속 콜레스테롤처럼 쌓여
제대로 뛰지도 못하고 심장이 허덕대던 시절이 있었다
이런 건 사는 게 아니라고 입버릇처럼 되뇌던 때였는데
어성전계곡에 혼자 떨어진 어느 날
범어처럼 쏟아지는 물소리에 늘 나를 찌르던 생각이 다
파묻혔던지
나의 두 손이 지친 심장을 보듬어내어
가물치 뛰듯 시퍼런 물에 설설 헹구어주는 걸 보았다
그 후론 명절 밑에 읍내 목욕탕 가듯
막막한 고민에 용한 도사 만나러 가듯
드문드문 찾아가 이것저것 묻기도 하고
소리쳐 욕도 해보고 돌도 던져보았던,
어떤 날은 그저 앉았다가 별 내려오는 모습까지 고스란
히 보았던 그곳에

곪고 깨지고 부러진 상처를 숨긴 외로운 자들이
그때의 나처럼 세상에 꺾여 비루해진 자들이
아마 끊이지 않았던 모양이다
그녀도 이제 쉬고 싶었던 건가
오죽하면 칠순 넘은 할아비 처음 보는 큰 눈이 내려
온 산길을 다 막아버렸을까

어성전계곡엔 지금 물소리도 들리지 않을 게다

아버지, 세상의 모든

굽은 등 새카만 얼굴
홀로되어
걱정만 많아진 늙은 농부
밥심도 떨어져
막걸리 마셔가며 사나흘 모를 냈네
어젯밤 좋은 비 뒤에
모질게 바람이 쳤네
한데 내어놓은 아이들 많건만
깜깜한 어둠에 발이 묶여
애쓴다 애써 한 마디 못 보태고
밤새 뒤척였네
새벽밥 뜨는 둥 마는 둥 논두렁에 나갔더니
어린 모들 고요히 웅크려 잠자고
논배미마다 키 멀쑥한 왜가리 한 마리씩
가슴 쑤욱 내밀고 보초를 서고 있네

서울 사는 아이들처럼
저희들끼리 잘 살고 있었네

문득

    한밤에 일어나 오줌을 누며 부스스 바라본 거울에 생계가 달린 자전거를 도둑맞고 돌아온 아버지 얼굴이 보일 때,

    미국 살러 간 뒤론 소식도 없이 꼬인 매듭을 여전히 팽팽히 잡아당기고 있는 큰형의 주름 깊었던 이마가 보일 때,

    여문 살림 하나 만들어주지 못하고 자주 흐려지는 내 눈이 다시 바깥에서 내 얼굴을 들여다볼 때,

    쑤욱 돋는 소름, 그 파破할 수 없는 가계家系.

노트북

설마 아들이

새벽잠을 물리고
사는 일로 잠들지 않으려 애쓰며
세상에 남은 우물을 찾아다닌 일을

흙탕물 한 깡통에 한나절을 걷는
검은아프리카와 같은 근로를 잊지 않던 일을
모두 알고 있기야 하겠냐마는

설마 아들이

이거 우리 아부지다 할 만하게
신문 잡지 어느 한쪽에 실려본 적 없는
애비의 시를

민망해서 말 안 하고 책상 구석에 놓아두었던
통 팔리지 않는 애비의 시를

혹 읽어보았을까

어느 날 술 거나하게 먹고
잠드신 아버지를 바라본 적 있는 나처럼
잠자는 애비를 바라보며
천둥 같던 굳센 나무 같던 기억마저 가물가물해지는
이분이 누구던가 하며

혹 읽어보았을까

생일도 아닌 날
쑥스러운 웃음이 가득 새겨진 노트북을 받았다
제법 시인답게
전용 노트북 하나쯤 가지라는 뜻이려나

가슴에 한 번 안고 싶은 20대 아들처럼
날렵하고 이쁜 나의 노트북

막막함

도라지 한 가마니를 받아놓고
알전구 켜진 단칸방에 여섯 식구가 앉아
밤늦도록 도라지를 깐다, 아버지 엄마 형 둘과 누이와 어
린 나까지.

제2부

부끄러운 밤

하현의 세상인가, 오늘따라 엉덩이가 축 처진 반달이 아등바등 산 밑으로 떨어지지 않으려 애를 쓰며 매달려 있다. 곧 툭 하고 떨어질 것 같다.

어리석은 밤이다.

세상에 화를 내고 허공에 주먹을 휘두르고 난 뒤 혼자 동네를 빙 겉돌아 귀가하는 밤이다. 막걸리 반 통도 채 못 마시고 결렬된 말싸움이 귀에 쟁쟁하여 입이 쓴 밤이다. 다른 것인지 틀린 것인지 핏대를 올리다 이십 년 우정에 쩌억 하니 금을 낸 밤이다.

미련하게 거꾸로 매달려 더 미운 저 달을 보내면 희뿌옇게 밝아올 내일이 부끄러울까 걱정되는 밤이다.

그 어떤 시인도 시 한 줄 쓸 수 없는 그런 토요일 밤이다.

12월, 2016년

쉬이 휘날리고
쉬이 녹는 눈처럼
그렇게 살 순 없었다

이슬이었다, 비가 되고
서리가 되었다, 눈이 되는 것이 세상이라고
그렇게 넘길 순 없었다

반쯤 무너진 담장 밑엔
고개 꺾인 채 지지 않은 국화가 아직 있어
그렇게 저버릴 순 없었다

긴 역사에, 긴 생애에
오직 한 페이지를 열고 닫는 일이겠으나
그렇게 지나칠 순 없었다

모든 추악을 덮어버릴 뻔했던 흰 눈 위로
붉게 뿌려진 데카브리스트의 뜨겁고 순전한 피처럼
더는 참을 수 없는 부끄러움과 좌절을 넘어선

마지막 한 송이의 고고함,

12월.

농업

농업은 평화로운 일
농업은 본디 평화로운 일
못나 뵈는 애비 어미들이 가난 속에서도
쉰 적 없는 어려움 속에서도
마른 나무에 열매 붙듯 다닥다닥한 자식들 먹이며
그나마 오순도순 살아온 일, 그 일
무슨 돌아가는 시세를 눈치채지 못하여
어떤 번영의 길에 그리 걸림돌이 되어
어제는 맨땅 한 뙈기 없는 광화문 광장
최루탄과 쇠파이프가 맞부딪치는 성난 싸움터에
누천년 흙에 엎드렸던 농업이 끼어들어
차도로 인도로 밀리고 흔들리다
물대포를 맞고 절명의 위기에 빠졌는지
벌렁거리는 가슴을 내리누르며 곱씹어봐도
농업은 본디 평화로운 일이라
나는 이리도 불안한 것이다
농업이 하는 일이란 것이
돌보고 가꾸어 그 덕에 빌어먹는 일
우악스러운 쇳덩이를 눌러
먹으면 내장이 확확 타고 녹는 독약을 퍼부어

팍팍 찍어내듯 만들어낸 것 없이
농업이 기껏 하는 일이란 게
한 해를 돌보아 먹이는 일이라
아들 어렸을 적 몸무게만 한 수박을
아들 장가가도록 만 원 남짓에 뻔뻔하게 사 먹었던
나는 더욱 불안한 것이다
등골이 휘고 뼈마디가 빈 노인이 된
놔두어도 저승길로 머리를 둔 우리 농업을
하다못해 잘된 자식들 흔히 하듯
갹출한 돈으로 어디 요양원에라도 보낼 수는 없었는지
조석 문안을 바라겠나, 그저 남새 푸성귀 곁으로
나락이나 어루만지며 노년을 보내게 할 수는 정녕 없었
는지
우리에겐 정말 그런 여유가 참을 수 없는 낭비였는지
물대포를 맞고 절명의 위기에 빠진
농업의 소식을 듣지 못하고 며칠을 지나면서
나는 정말 늙은 부모 외면한 자식이 된 듯
병들어 쓰러진 노인을 보고도 내 길을 간 냉혈한이 된 듯
부끄럽고 죄송하고 불안하여
여러 날 잠을 이루지 못하는 것이다

새희망 요양원

한강이 하얗게 얼었겠지?

언 강 위로 햇볕이 쏟아져 내려

감은 눈 위로도 세상이 환한 날

이렇게 말해도 괜찮다면,

어차피 결국은 다 그렇게 될 것이라면,

나는

지금 죽고 싶다.

잠시 잠깐 돌아오셨던가 놀라 주위를 보니

병상마다 입으로, 코로, 목으로 끼워놓은 관에서

푸우푸우, 워어어어, *끄윽끄윽*

함께 나눌 말은 없이

목숨 붙어 있는 소리만 오물처럼 흘러 바닥을 적시는

새희망 요양원 3층 중증 병동.

드릴 것도 남겨줄 것도 다 빼앗겨버린

텅 빈 그림자들의 집으로

눈부시도록 쏟아지는 겨울 햇살처럼

누가 이리도 채근하는 것일까,

살아야 할 의무.

왜가리

섣달그믐 밤
성내천 다리를 건너며
그가 이 밤에도 야근을 하는 걸 보았다

한 치의 물의 수평도 흔들지 않는
은밀한 걸음걸음

고요한 밤 시내(川)를 완상하듯
줌렌즈처럼 폈다 접는 긴 목

담배 두어 대가 타들어가도록
그의 일은 아무것도 드러나는 것이 없었다

저리 급할 거 없는 일을 무슨 야근까지

순간,
화살처럼 물을 뚫는 부리와
밤의 한구석을 찢는 푸드득푸드득 소리
그리고 삼켜지는 검은 그 무엇

은행 계좌도 신용카드도 없는
쟁여둔 것 없이 살아온 자의 섣달그믐 야근

그도 이 밤이 지나면 며칠, 명절을 쇨까

독거獨居

깨진 유리 같은 소한小寒 추위에
무슨 까닭으로 댓잎은 여적 푸른지

창 닫고 돌아앉으니
가련한 사람이여
참으로 멀고 먼 길을 왔구나

적막을 깨고 나아가 다시 적막으로
외로움을 깨고 나아가 다시 외로움으로
그리도 머언 길을 걸었으나……

어느 꽃의 씨방과 같이 어느 어미의 자궁과 같이
웅크린 몸이 가득 차는
시작처럼 낯선 곳으로 돌아와

자꾸만 기우는 세상,
제 그림자로 겨우 괴고 있구나

외풍 시린 방
뎅그렁한 자리끼처럼 얼어

숨어 부는 바람이
핑, 눈물 돌도록 매운데

죽음과 소녀

나는 버려졌다

보름을 있어도 한 달을 있어도

아무도 나를 궁금해하지 않는다

아내도 형도 누이도 친구라는 자들도

내 전화엔 응답이 없다

오늘 가장 대답해주어야 할 열다섯 명에게 다시 전화했다

여러 번 다짐한 대로 이제 칼을 가지고 나간다

난 누구도 죽이고 싶도록 미워하진 않지만

이 칼을 휘두를 것이다

찌른 후에 자살? 아니 그런 생각은 없다

나는 이미 죽었으니까

아! 전화를 받지 않는다

엄마는 오늘 일하는 날이지

아프다, 캄캄한 밤이 더 캄캄해지는 것 같다

119인가 112인가

피가 너무 많이 흐르는 거 아닌가

이건 영화가 아닌데 내가 이렇게 아픈데, 내가

이렇게 죽는 건가, 왜 이렇게 전화가,

여보세요!!

저 칼에 찔렸어요……

당신들이 위치추적이니 뭐니 하는 사이에
내 영혼은 푸드득푸드득 부득이한 날갯짓을 시작했습니다
가야 할 길을 몰라 검은 세상을 선회하는 동안
그래 봐야 단 며칠이었지만
내가 흘린 피로 인해 당신들이 시끄러웠습니다
당신들은 내가 불편했던가 봅니다
나를 찌른 사람과 나를 싸잡아서 잘못한 걸로 하고
너무 빨리 나를 잊어버리더군요
열여덟 해 동안 나를 덮쳤던 핏자국이 사라지기도 전에

날더러 왜 그 늦은 시간에 인적도 없는 그 길을 갔느냐구요
　나는 당신들의 그 부자아파트 한복판에 있는 학교에 다
니지만
　그 동네에 사는 건 아니에요
　모자라는 학생 수를 채우기 위해 서울에 붙어 있어도 서
울이 아닌 동네
　서울 시민에는 미달한 가정에서 뽑혀온 소수의 학생들 중
하나였으니까요 말하자면 어쩌다 논에 떨어진 피라고나 할까
　수업이 끝나자마자 학원 버스를 타거나
　과외 선생에게 데려가는 고급차를 타는 아이들과는 다르죠

나는 학교에 남아서 공부를 했어요
그날따라 머리에 쏙쏙 들어오는 공부로 귀가 시간이 늦었고
늘 같이 다니던 동네 친구가 혼자 일찍 가버린 것뿐이죠
그래요 그건 그냥 일상이었어요, 처음 있는 일이 아니라.
무얼 더 주의하고 살펴야 했을까요
무슨 원한이나 치정, 성폭행도 없이, 이유가 없어,
누구에게나 또 일어날 수 있을 것 같은 일이라
당황하고 감추고 싶었나요
그래서 빨리 해명하기 어려운 불행을 덮고 싶었나요
당신들은 얘기했어야 합니다
왜 나는 그 으슥한 밤길을 매일 걸어 집에 가야 했는지
　엄마 아빠가 가난하고 할아버지 할머니도 뻔히 가난했
을 집 아이는
　모두 그 컴컴하고 인적 없는 길을 늘 걸어야 하는 건지
　아무 원한도 욕구도 없이 칼을 든 자는 또 왜 생겼는지
　그 자들이 어디에서 무얼 하고 있는지
　그 자들이 누구를 노리고 뒤를 쫓고 있는지
　당신들은 며칠 새 나를 잊고 평안을 되찾았지만
　이제 검은 새로 날고 있는 내 눈에는 보입니다
　나를 이어 날개를 푸득이며 날아오를

어린 소녀들, 약한 자들의 영혼이
이름이 쓰여지지 않아 더욱 불안하고 두려운 영혼들이
당신들의 품에서 빠져나오는 모습이 보입니다
아무리 아파트 문을 닫아걸어도
아무리 시간에 맞춰 차로 실어 날라도
세상에는 홀로된 듬성듬성한 시간이 널려 있습니다
당신들은 나를 다시 보아야 합니다
당신들 얘기대로 아무런 이유 없이 나를 잃어
더더욱 슬픈 내 부모를 위로할 아량은 없더라도
나를 다시 보아야 합니다
나를 위해서가 아니라 당신들의 딸을 위해서, 아내를
위해서

아! 전화를 받으세요
지금 어디서 자기도 몰래 쫓기는 자의 전화
원한 없이 칼을 품고 집을 나서는 자들의 전화
고개 돌리지 말고 빨리 받고 일어서야 합니다
그리고 말해야 합니다
눈길을 줘야 합니다
지금!

어떤 경제학에서

규모의 경제.

투입도 늘리고 생산도 늘려 규모를 키우면 이익도 커진
다, 이게 자본주의 시장경제의 효율성이라는데, 경제뿐 아
니라 여기저기 다 써먹는 경제학의 원리라는데……

그런가, 그러면 이런 건 어떤가,

규모의 거짓말, 규모의 무지, 규모의 천박, 규모의 뻔뻔
함, 규모의 굴종, 규모의 억압, 규모의 잔머리, 규모의 탐
욕, 규모의 위선, 규모의 비겁, 규모의 무관심, 규모의 부
화뇌동…… 아, 아, 이 모든 **규모의 악!**

커서, 많아서, 다 하니까, 효율적인가.

나도, 너도 가끔은 그러니까, 좋은 건가, 괜찮은 건가.

그래서,

그래서 이 규모의 법칙은 영원히 살아 활보할까,

이 **사회**를 위해????

오슈비엥침*

나는 세상에서 제일 슬픈 신발을 보았습니다.

나는 세상에서 제일 슬픈 가방을 보았습니다.

나는 세상에서 제일 슬픈 안경을 보았습니다.

나는 세상에서 제일 슬픈 반지를 보았습니다.

나는 세상에서 제일 슬픈 머리카락을 보았습니다.

그리고 나는,
세상에서 제일 부끄러운 침묵과 세상에서 제일 무서운 무
관심과 세상에서 제일 가슴 아픈 순종을 보았습니다.

그리고 나는,
벌거벗은 채 샤워실 앞 대열에 서 있는 나를 보았습니다.
배급을 기다리는 사람처럼 서 있는 나를 보았습니다.

오슈비엥침,
사람, 사람, 사람들 사이에서

등을 찌르고 심장을 끄집어낼 틈을 노리는
버젓이 살아 있는 저 아비阿鼻! 규환叫喚!

* 오슈비엥침: 아우슈비츠 수용소가 있었던 폴란드 도시.

예의

　제주 어느 골목에 한 번에 삼만 마리의 제비들이 숙박하는 전깃줄 여인숙이 있는데 그 많은 제비들이 해만 지면 날아 들어와 하룻밤을 보내고 가면서도 한 번도 네 방 내 방 시비가 없다. 뭐 법률제비가 있어 벌금을 물리거나 재벌제비가 있어 몽땅 등기를 낸 것도 아닌데 출신도 서로 모를 것 같은 놈들끼리 얼마나 서로의 간격을 잘 지키는지, 늦은 시간에 숙박하러 온 어느 제비도 언뜻 보기엔 헐렁한 틈 사이를 비집고 들어가는 일이 없다. 언젠가 제주에 가면 좀 보고 오길, 삼만 마리 제비들의 그 깔끔한 간격.

염치

　우리 아저씨 사시는 시골 동네의 떠돌이 강아지 얘긴데
요, 개 아니고 강아지요. 이 놈이 불쌍하다 싶어 먹을 걸 주
면 언제나 그 자리에서 먹지 않고 물고 달아나곤 했는데 한
두 번도 아니고 늘 그러는 것이 이상해 어느 오지랖 넓은 이
가 뒤를 밟아 가보았다지요. 먹을 걸 물고 부리나케 달려가
는 놈이 동네 끝 산자락 아래 이르자 덤불 속에서 반가워라
하고 튀어나와 꼬리 흔드는 강아지가 있더래요. 조심스레
다가가보니 이놈은 다리가 세 개요 눈도 한쪽이 없더라는군
요. 언제나 그놈을 먼저 먹이려고 그리 뛰어다녔다는 겁니
다. 설사 제 누이나 아우라 하더라도 개 촌수에 말이나 될
법한 얘긴지, 원. 그러나 곰곰이 생각하니 개도 한사코 먼
저 먹지 않는, 먼저 먹을 수 없는 일이, 이 세상에는 정말
있기는 있는 듯합니다.

천지天池에서

　가득 차지도 않았는데 흘러넘쳐 가슴을 밀어낸다 제 모습만 고요히 비추고 있는데도 파도가 일어 온몸을 적신다 나는 오랜 후의 사람인데다 사는 동안 무엇을 위해서든 어울려 섞여 주먹 한 번 같이 흔들기를 싫어한 사람이 분명한데 어인 연유인지 아득한 세월을 빠르게 버무리듯 비바람과 구름과 안개가 교차하는 사이로 붉은 산을 그리워하며 죽어간 비분의 슬픔이나 이역 하늘 바라보며 활을 쏘던* 강개의 아픔이 뼈에 저린다 해진 흰옷을 입고 감자 한 알 옥수수 한 자루를 놓고 싸웠던 일들과 소피와 같은 선택**도 사치가 되어 순서처럼 자식을 골라 팔던 허기진 패악이 무딘 귀를 때리고 하늘을 향해 한恨처럼 솟아오른 산들을 웅숭깊게 끌어안고 있는 물 위의 반짝이는 물비늘 사이론 저 핏발 선 아비들과 아비의 아비들의 눈이 보인다 자식을 판 적도 끼니를 위해 이악을 떤 일도 없다고 부러질 일을 못 만난 수수깡처럼 뻣뻣하게 구는 나를 아비들의 눈이 볼 것이다 세월이 흘렀다고 이곳에 놀러나 온 사람으로 중국인들보다 더 시끄럽게 떠들며 연신 카메라 셔터나 눌러대는 나를 볼 것이다 또 다시 왔다 가는 안개처럼 비바람처럼 구름처럼 말 없이 허리 깊이 수그리고서 말이다 한 방울의 눈물도 회한도 없이 아비와 그 아비의 아비들 앞에서 장마철 백두산 천

지를 세 번 올라 모두 봤다고 행운을 기뻐하는 나는 얼마나
부끄러운 자인가

* 윤해영 시, 조두남 작곡 「선구자」에서 차용.
** 윌리엄 스타이런 원작, 앨런 파큘라 감독의 동명 영화.

두만강에는

자작하게 말라 부러질 듯한 두만강, 모래톱에는
내가 찍어놓은 발자국이 있다

곧 쏟아질 무거운 비를 진 먹구름처럼
배고픈 입들이 가진 시간을 모두 걸머진 채
도망치듯 앞서가는 아비들의 뒤를 따르던

마주 보면 서로 이름 부르던 가파른 산들과
그 비탈에 줄을 섰던 논밭들을 잃고
부를 이름조차 없는 저 오랑캐의 광야를 향해
돌아보지 않고 가는 아비들의 뒤를 따르던

자작하게 말라 부러질 듯한 두만강, 모래톱에는
내가 찍어놓은 발자국이 있다

죄 없어도 죄인으로 죽을 수밖에 없는 자들이
물 밖에서 사방으로 개에 쫓기는 오리처럼
삼삼오오 자맥질로 흙길을 가던 곳

큰물도 다시 토해내고

비바람도 되새겨주며 가는
지워지지 않는 내 발자국이 있다

해진 흰옷을 입은

제3부

도비산島飛山 부석사
―부석사초浮石寺抄 1

장엄을 내걸지 않은 곳

절집은 소처럼 편히 누워
먼 바다에 뜬 검은 돌을 마주볼 뿐
누백 년 어떤 이름으로라도 나선 적이 없는

바람이 불면 풍경 소리
삶을 꾹꾹 눌러 부르는 눈먼 처자의 노래로 떨어져
절 마당엔 경經이 그려지고

바다는 안개를 밀고
산은 안개를 잡아당겨
아랫도리를 감춘 산이 새가 되어,
온갖 새들의 날개를 모아
밤새 태운 향처럼 하늘을 오르는 곳

몸 가벼이 공양하며
묻어둔 일 아직 많은 그대를 생각하네
꽃 다 지면 텅 빈 마음이 얼마나 어두울까

거칠고 억셌던 옛날처럼 함께

큰 붓 오롯이 휘둘러

한 글자 한 글자 다시 내릴 수 있다면

펼쳐진 흰 무명천 같은

그대를 부르고 싶은 이곳

의자
—부석사초浮石寺抄 2

서산 부석사에 가면 의자가 참 많습니다

웃는 눈만 그리면 넉넉한 보살이 될 듯한 둥그런 돌의자
도 있고

바싹 마른 노스님 등뼈 같은 나무 의자도 있고

자른 나무 밑동 그대로의 충직한 머슴 같은 생나무 의자
도 여럿 있고요

찻잔 하나 놓기도 수줍은 대충 짠 탁자와 한 짝인 긴 의
자까지 있어요

빈 기와 회랑에는 인심 좋게 걸터앉을 널빤지를 이어놓
기도 했지요

어떤 의자는 누구나 좋아하는 너른 평야와 바다를 보도
록 놓여 있고요

어떤 의자는 바투 다가선 산을 보게 돌려 놓인 것도 있어요

그렇지만 정말 마음 씀씀이가 넓은 의자들은 그저, 내
맘대로

바로 앉으면 바다요, 돌려 앉으면 산이 되게 놓여 있지요

누구일까요

말없이 떠메고 온 갖가지 한숨을 내려놓을 수 있도록,

간곡한 마음을 이렇듯 여러 모양으로 흩어놓은 사람은

는개
—부석사초浮石寺抄 3

먼 듯,

지척인 듯

왔다가,

다시 간 듯

온단 소리 없이 와선

먼발치 보기만 하고 돌아선 어미처럼

소리치지도 못하고

손 마주 잡고 울지도 못하였네

어떤 일이었을까

시작과 끝을 모를 시간을

숨죽이고 웅크린 채

베갯잇만 적시는 저 사연은

비가 온 오후
―부석사초浮石寺抄 4

산사에 종일 비가 오붓하게 내렸습니다.

삼칠 전에 병든 아기와 같던 공양간 옆 고추 모종들이 귀를 쫑긋 올리고 허리를 바짝 폈습니다. 상추잎도 기지개를 켜고 잠에서 깼습니다.

극락전 뒤 숲에선 바야흐로 연초록 새잎들이 왁자지껄 까불며 뾰족히 뾰족히 앞다투어 하늘로 뛰어오르고 있습니다.

분홍 분 바르고 농염하게 흔들리던 겹벚꽃들이 비를 머금어 가지가 땅에 끌릴 것 같습니다. 풍만하던 꽃살이 그만 무거워졌습니다.

담장 아래선 라일락, 계단참에선 영산홍이 갸웃 얼굴을 씻고, 일찍 피어 지쳐가던 수선화 할미도 회춘한 듯 다시 노랗게 웃습니다.

마음이 초록 새잎처럼 명랑합니다. 꽃처럼 환합니다.

아랫마을 갈아놓은 논 사이로 빗물 스미는 소리가 절집까지 살랑살랑 들려오는 듯합니다.

저녁 공양 한술 급히 뜨고 나아가, 겹벚꽃 가지를 하나하나 흔들어주었습니다. 숨었던 빗방울들이 푸드득푸드득 날갯짓하며 날아갑니다. 흔들어줄 때마다 가지가 조금, 아주 조금씩 올라갑니다.

　몸 가벼워진 꽃들이 웃고 있습니다.

　세상이 다 가벼워지고 있습니다.

밤
—부석사초浮石寺抄 5

기왕에 들어온 산중, 별을 보고 싶었습니다.

종루를 지나 높이 쌓은 축대 끝에 섰습니다.

별은 성글고 서쪽 하늘 끝자락에

서너 입은 족히 베어 먹고 남은 달이

버려진 조각배처럼 누워 있었습니다.

처음엔 무슨 소린가 했습니다.

개굴개굴, 와글와글, 쪼르륵쪼르륵, 골골굴굴, 꾸룩꾸룩

높고 낮은, 길고 짧은, 굵고 가는, 크고 작은 소리가

바흐의 위대한 대위법 화성을 넘어

말러의 웅장한 대편성을 댈 수 없이 뛰어넘어

장엄하고 조화롭게 울려오는 것이었습니다.

산 아래 저 비천한 진흙 논에서,

황토 못에서, 개천에서, 잡초 더미에서

고뇌에 뒤틀린 늙은 느티나무를 깨우치고

종일 세상 잡사를 참견하던 새소리를 잠재우고

불 꺼진 극락전 지붕을 타 넘어

산허리로, 정상으로, 저 속 깊어 검은 하늘로

쉼 없이 쉬임 없이 오르는 것이었습니다.

항하 모래와 같은 저 밤 보살들이 일제히 용맹정진하는
염불 소리

참으로 대단한 야단법석野壇法席이었습니다.

　이 어찌 고매한 적정寂靜도 이길 수 없는 대승大乘의 소란
이 아니겠습니까.

　어떤 날 선 검이 찌른 듯

　어떤 말씀이 등뼈를 후려친 듯

　무릎은 흔들리고 정신이 아득해져

　잊었던 삶의 저 너머가 현기증처럼 떠오르는 것이었습
니다.

정물靜物
─부석사초浮石寺抄 6

빳빳하게 풀 먹인 광목치마를 펼친 듯
뜨거운 햇살에 하얗게 다림질된 오후

항아리에 담긴 물처럼 고요한 산사山寺
그 속에 구름이 흐르고
파랑새가 날고
흰나비들이 팔랑팔랑 다녀갔네

기도 끊긴 법당
벌레들 날갯짓으로
소리 없이 풍경이 흔들리고
가만가만 땀 식히는 아미타불

누군가의 소원이 써진 기왓장 아래로
개미들은 길을 만들며 먼 여행을 떠나고

빨래 개는 보살의 하루가
한낮의 촛불처럼 가물가물하네

풍경에 나른하게 업혀 간 두어 마장 시간

느티나무
─부석사초浮石寺抄 7

느티나무 그늘에 들었다

오래된 느티나무는
넓은 대갓집 한 귀퉁이같이
외로운 그림자가 길었다

나는 그에게
지치고 고된 숨소리를 들려주었다

그는 나에게
메울 수 없는 업장처럼 숭숭 뚫린
검고 깊은 구멍을 내보여주었다

나는 그에게
없어질 줄 모르는 붉고 푸른 멍들을 말했다

그는 나에게
울퉁불퉁 굳은 옹이들과
외로 뒤틀린 가지들을 만져보게 해주었다

아무것도 수월치 않았고
그냥 흘러간 세월은 한 움큼도 없었지만
오래된 느티나무는 사뭇 점잖았다

그는 기쁨이나 슬픔이 바꾸어 오거나
여름이나 겨울이 떠나고 남는 일쯤은
저울추 다루듯 잘 버무려온 것이다

나는 그에게
처절한 인내를 끝내 잘 비워진 것 같다고 했다

하지만 그는
너무 높게만 자라는 느티나무들의 생각과
너무 넓게만 엮여가는 느티나무들의 생활이
늘 그늘을 만든다며 웃었다

홀로, 시름도 없이
—부석사초浮石寺抄 8

산신각 층계참에서 별을 보다 골방에 돌아와 앉았네

인사를 잊었다고 별들이 내 말을 하는지 귀가 사알살 가려워

두루마리 화장지 한 마디를 자르고

송홧가루처럼 노오랗고 바실바실한 귀지를 파내 늘어놓고 있으려니

나방의 날갯짓에 문풍지가 바르르 떠네

비도 온 지 오래

바람도 다녀가지 않는 밤

읽을 책 다 떨어져 생각도 다 꺼내 써버리고

느티나무 가지 위 솔부엉이처럼 며칠째 개지 않은 요 위에

그저, 그렇게 앉아 있네

떡
—부석사초浮石寺抄 9

한 몇 달 살러 들어온 절집의 사나흘쨋가 어느 장년의
재를 올린 날 생각지도 않게 공양주 보살이 시루떡과 인절
미를 얌전히 담아 방 앞에 두었습니다. 식간에 도통 뭘 먹
지 않는 습관에다 떡을 좋아하지도 않아 버릴 수도 없고 상
할까 그냥 잊어버릴 수도 없고 이틀이나 넘어 바라만 보다
가 결국 저녁 공양을 하는 둥 마는 둥 하고 한밤중 배고프
길 기다려 꾸역꾸역 먹어치웠습니다. 그제야 할 일을 했다
는 듯 마음이 놓이고 공양주 얼굴 바로 보며 매끼 인사도 제
대로 하게 되더군요. 산에 와서도 이런 건 도대체가 고쳐
지지 않으니 이 또한 평범하고 우매한 자가 지닌 잡다한 멍
에가 아닌지요

시월
— 영주 浮石寺에서

가을이 타박타박 걸어온
한가하게 바람 든 날엔

사르락사르락 넘치는 황금물결에
얼룩 많은 몸을 사나흘 푹 담갔다가

시큼털털한 사과나 한 바구니 따서
자인당 부처님께 올라가볼까

통통히 살이 올라 폭 안기고 싶은
솔솔 웃고만 있어 콱 깨물어주고 싶은
자인당 부처님과 한 여남은 날 사귀어볼까

밀려난 여름 묵은 햇볕이
늙은 사랑처럼 주책없이 뜨거운 날엔
자인당 부처님과 입이나 한 번 쪽 맞추어볼까

때 묻은 사람 싫다 싫다 하시면
뒷마당 한구석처럼 늘 서늘한
자인당 부처님 곁에 누워 잠이나 늘어지게 자다 오든지

섣달그믐

늙은 소나무 잠 설치며 무거운 눈 털어내고

하얀 밤에 놀란 부엉이 우는 밤

길 끊고 들어온 이

산사 골방에 모로 누워

빈 항아리 같은 시간을 되짚어가네

기억은 순한 말(馬)처럼

가물가물한 어느 골목, 그 집 앞을

아슴아슴한 얼굴, 검은 머리채 뒤를 기웃거리기도 하고

밤새 눈을 맞으며 다시 누군가를 기다리기도 하고

끝내 못한 뜨거운 말들과

어둠을 전전하는 슬픈 노래도 부르네

물컹 향내 나는 가슴에 머리를 묻고

청보리 같은 나날로 까무룩 떨어지기도 한다네

이 밤은 착실히 한 생을 만들지 못한 자의 밤

새벽녘 잠시 그믐달이 왔다 가고

그리운 것들도 모두 그렇게 왔다 가는

섣달그믐 밤

초원에서 부르는 노래*

어느 꿈속에서라도 차라리 한 마리의 매로 태어났다면
활공의 한순간, 날개를 멈추고 이 모든 것을 보았으리라

말 달리듯 달려 나간 삶들, 피 냄새 나는 출산들과 말라
비틀어진 죽음들, 버려진 게르들과 뼛조각들, 바람에 뒹구
는 페트병들과 쓰레기들, 그것들이 지닌 역사와 긴 시간을
궁구해온 허망한 초원의 종심縱深을

그리하여 나라도 고향도 잃고 효도도 부양도 잃고 말도
생각까지도 잃고 저 척박한 돌사막을 날래게 기어 다니는
도마뱀 같은 자가 되었으리라

그 누구도 좇거나 거느리지 않고 미련 없이 오직, 한 생
을 살아 이름 따위는 아예 갖지 않았으리라

보고 싶어라, 광활을 거느린 활공의 시간이여, 파묻힌
꿈이여!

모래와 바람과 별을 위해 남겨진 이 멀고 외로운 곳에
서도

내 가진 멀고 외로움은 양가죽을 걸친 듯 여전히 껍데기
이니

말에는 안장이 없고 소에겐 고삐가 없고 노새에겐 채찍
이 없는, 소홀함으로 아름다움을 부르는 세상을 찾아가는
자여

나는 걷고 걸어도 끝내 떠나지 못하였다네

* Urna Chahartugchi의 「Hodood(In The Steppe)」에 부쳐.

별

해 진 하늘에 늘 별이 가득한 시절이 있었다.

그려놓은 외등처럼 달이 별들의 배경으로 떴던 그 시절에는 집집 평상마다 별이 하룻밤에도 여남은 개씩은 떨어져 마을마다 면마다 군마다 떨어지는 별들을 다 주워 담을 수도 없었다.

사람의 눈에도 개의 눈에도 소의 눈에도, 눈이란 눈엔 모두 별들이 한두어 개쯤은 담겨져 있었고, 절절 끓는 아랫목에도 자리끼 어는 윗목에도 쥐 뛰는 광에도 빈 쌀독에도 별은 몇 개씩 떨어져 숨어 있었다.

그 시절에는 별로 하여 촌수가 다 엇비슷했던지 별을 쳐다볼 때쯤이면 고파왔던 뱃구레처럼 슬픔이든 기쁨이든 사는 일이 하나같이 유난스러울 것이 없었다. 시샘도 하고 뒷말도 하고 다투기도 했지만 사는 일이 도저히 풀 수 없이 복잡하지도, 다시 보기 힘들도록 험상궂지도 않았다. 그랬다, 아무 때고 맘만 먹으면 우린 서로의 눈에 담긴 별을 알아볼 수 있었으니까.

나는 이 나라의 어느 곳, 어느 누가 먼저 별을 팔아 등을 내달기 시작했는지, 부지기수처럼 많은 별들을 누가 다 사주었는지 아직도 알지 못하지만 별을 지키는 것보다 내다파는 일이 얼마나 빨랐는지는 알고 있다.

그저 밤이면 별을 쳐다보던 내가 내 아버지처럼 아버지가 되는 사이에 하늘의 별은 재고가 별로 남지 않고 이런저런 크기의 등만이 삼시 사방에 늘어나버려, 내 아들은 별을 볼 수도 없거니와 보고 싶어 하지도 않고, 아마 별을 알지도 못하는 듯하다.

　　이렇게 낮고 낮 뜨거운 불빛들이 저리도 높고 아름다운 별빛을 다 가릴 줄은 처음 등을 내건 아버지들도 알 순 없었겠지만, 제 별 하나도 갖지 못한 눈들만 부릅뜬 세상을 어찌하려는지, 내 아들의 아들이 곧 나오려 하는 때라 나는 별이 듬성듬성한 밤에는 도무지 잠을 이룰 수가 없다.

잔치국수

문풍지도 흔들지 못한 바람처럼
첫서릴 맞은 듯 가녀린 반백의 여인
슬그머니 들어와 벽에 붙인 메뉴를 읽는다, 천천히

등심, 안심, 갈빗살에서 내려가
목살, 삼겹살이 끝나면
덤으로, 서비스처럼
싼값의 된장, 누룽지, 그리고 잔치국수

드문 일에 막연한 표정인 여주인을 옆에 두고
참한 소녀 교과서 외듯
하나하나 읽어낼 짧으나 길었던 정지靜止

잔치국수 한 그릇 주셔요

일순 당황을 금세 푼 여주인이 내온 잔치국수를 보는 여
인의 눈길,
그릇을 양손에 감싼 채 다감하다

한 젓가락 한 젓가락

후루룩거리는 소리조차 없이
먹는 것인지, 무엇엔가 바치는 것인지
국수 한 그릇 먹기에 꽤 긴 시간
한 번도 주변에 눈길 돌리지 않는다

젓가락을 놓은 뒤엔
천 원짜리를 한 장 한 장 정성껏 손 다림질하여
잘 펴진 지폐 네 장을 상 귀퉁이에 놓는다
그러곤 남이 연 문을 빠져나가듯 기척 없이 나간다

고기 먹은 입 뒤청소나 하던 잔치국수가
오늘은 향이 되어 경건하게 살라진 것인가

먹는 일이 기도가 되기도 하는 점심이었다

꿈

꿈은 언제나 살얼음
디디고 일어서야 했지만
무서웠을까,
그러지 못했네

간직하려면
어느새 녹아 사라지고
온 것도 떠난 것도 아닌

꿈은 바라보고 희망하는 일의 두려움

차라리 깨어나
한 조각도 기억할 수 없으면 좋으려나

저 많은 지나간 날처럼
다가올 많은 날까지
살얼음 잡히고 녹아

나는 그 앞에서 그냥
흐르고 마네

시인詩人의 밤

한라산이 무너지는 듯한 소리와 함께 비 쏟아지던 밤

빗소리에 깨어 이부자리 속과 꿈속을 오면가면 하다가

대어大魚를 낚은 팽팽한 낚싯줄처럼 번쩍이는 시맥詩脈을 잡은 듯

전전輾轉, 한 줄

반측反側, 한 줄 마음에 써 내려가다

더 누우면 줄 끊겨 달아날까 두려워

머릿등 켜고 슬며시 일어나는데

'당신도 깼어 무슨 비가 이렇게 온대'

무섭다는 아내는 환갑이 낼모레

그래도 시인은 그녀를 안고 등을 토닥인다

한 손으로 시인의 손을 잡고

한 손으론 시인의 등을 껴안은 아내가 다시 낮게 코를
골면

시인의 대업大業은 이렇게 시련에 빠져

만고에 빛날 수 있었던 시의 정수精髓는

튼튼한 가임可姙의 난자卵子에 착상치 못하고

다시 어떤 미궁迷宮으로 헤엄쳐 가버리고 마니

비는 여전히 와랑와랑 쏟아지고

아침은 먼 데

다감多感한 시인은 이 밤,

잠과 시를 다 잃는구나

제4부

품

물안개 막 걷힌 아침 호수.
어린 오리 세 마리가 세 방향으로
저만의 끝을 향해 호수를 가로지른다.

마치 어둠의 그물을 끌듯
물의 문을 열어 물빛을 드러내듯

그들이 만드는 각각의 파장, 얼마나 유장한지.

세 개의 브이 자가 점점 커져 호수의 양 귀퉁이까지 퍼
져간다.
다른 아무것도 흔들지 않으며
끝내는 호수를 다 끌어안아 버리는 저 어린 것 셋의 품.

멀어질수록,
제 길을 갈수록 점점 넓어지는,
그들의 품!

11월

산들이 몸을 털고 가부좌를 틉니다.

잎이란 잎, 열매란 열매가 다 제 갈 길을 갔습니다.

한사코 쉬지 않던 칡넝쿨들도 마른 손을 다시 펴지 않
습니다.

마지막 국화가 서리를 맞으면 저수지의 물새들은 준비
합니다.

짧아진 볕 꼬리처럼 날래던 짐승들도 꼬리를 감추었습
니다.

세상엔 보이던 것보다 보이지 않는 것이 많아지고

또 한 해 부득이 낡아갑니다.

그러나, 슬프지 않습니다.

11월은 힘들게 키워 잘 여윈 부모들의 모습.

이젠 쉬어야 한다는, 내려놓아야 한다는 노래입니다.

눈 밝으면 읽을 수 있는 안거安居의 초대장입니다.

이제야 속주머니 깊숙이 갈무리합니다.

입동立冬

한 재산 다 날리고 바람에 길을 내준

손 뻗어 따스한 닿을 곳 없어

봉당 위 식은 밥처럼 기가 죽어버린

하얗게 서리 내린 한데로 내쫓기는

가을,

더는 집에도 있지 못하고

홑저고리 바람으로 피해 나가셨던

그 궁핍한 날의 아버지같이.

처세

강물은 늘
위에서 아래로 흐르고
막힌 곳에선 돌아 흘렀다

갈대는 흔들리며
돌들은 구르며
새들은 자맥질하며 살았다

그러나 나는
역린이 늘어난
기형 물고기

거스를 때마다
아팠다

상처

5학년 1반.

한파가 닥친 겨울날, 학교 앞 문방구에서 파는 문제집을 사지 못한 아이들이 발 디디기 어렵도록 차가운 복도로 쫓겨났다. 꿇어앉으라고 호통치고 들어간 선생님이 추운 복도로 다시 나올 일도 없고 다들 금방 소곤소곤 수군수군 얘기꽃을 피웠다. 교실 안이 따뜻한들 뭐 대순가, 문제집 푸느라 끙끙대는 교실 안 아이들보다 복도에 쫓겨난 아이가 더 많았고 반장까지 우리 옆에 쫓겨나 있었다. 우린 그깟 일로는 상처받지 않았다.

그런 양심

  95명 중 70표를 넘게 얻어 당선된 반장이 두어 달이 넘도록 교실에 화분 하나 놓지 못하자 말 한마디로 그만두게 하고 다섯 출마자 중 꼴찌인 아이를 투표 없이 반장을 시켰다. 아무 아이도 이의를 제기하지 않았지만 이전 반장과 그의 친한 친구들은 확실한 이유도 없이 툭하면 불려 나가 손바닥을 맞고 벌을 받고 청소를 했다. 모두에게 새 반장이 익숙해질 때까지. 양심이란 것이 공연히 살아서 때론 그런 일을 시킨다는 것을 그때 배웠다.

청자색靑瓷色

이를테면
내 마음이 서늘해졌다고 할까
내 마음이 아주 으스스하게,
이 떨리듯 서늘해졌다고나 할까

백 년을 묻혔다가도
언제든 손을 벨 수 있는 사금파리처럼

깨진 사랑이
슬그머니 문 열고 들어서
마음을 헤집곤 가뭇없이 사라진

꿈에서 깨어 한동안
손가락 하나 까딱 못하고
물 스미듯 들창에 퍼지던 여명을 바라보던
그 새벽, 그 마음

데인 상처를 소주에 푸욱 담근 듯

파헤쳐진 옛 무덤에서 사박사박 흙을 털어

효수된 머리의 빈 눈동자를 들여다본 듯

아아, 서늘하고 푸른 기억이여
아직도 나는 아프다네

대상포진帶狀疱疹

이건 한 떼의 불량 서클
그들이 불쑥 내지르는 주먹

아직 이른 짙은 화장을 하고
껌을 씹으며, 설익은 욕이나 하던

애써 눈감았던 저 뒷골목의 일
어둠 속으로만 몰려다니던 반항의 씨톨들

그러나 예기치 않은 어느 날
깨진 맥주병, 녹슨 쇠갈고리, 둔중한 망치를,
피할 수 없는 고통을 들고 골목을 막아선

붉은 띠를 돋을새김하고 뭉친
종기만도 못한, 여드름만도 못한 것들의 무관심 폭력

어제는 걸어서 병원에 온 아내가
날갯짓 멈춘 바지런했던 벌처럼 아프다

우리는 늘 가소로운 것들에 무릎을 꿇고,
속수무책을 미안해할 뿐.

절박함

맹순이가 개 나이론 좀 나이가 들어 별로 뛰지도 않고 애교도 없어졌을 즈음 딸아이가 친구 부탁이라고 3일만 봐달라며 어린 미니핀 한 마리를 데려왔는데 우리 맹순이, 혹 식구들 손길이라도 한 번 닿을까 이 굴러온 돌에 곁을 안 주려 3일 내내 소파로 방으로 주방으로 동작 빠른 미니핀에 앞서 얼마나 뛰었던지 이놈 돌려준 다음 날 보니 지 집에 피똥을 싸놓고 퍼질러 쓰러져 있더란 말씀.

횡설수설

낮술에 취해 마누라를 붙들고
횡설수설
대낮부터 술은, 취하면 잠이나 잘 일이지,
눈을 흘기면서도 재밌는 듯, 톡톡 말대답
아, 그러니 내가 그때 말이야……
여보, 인생이 다 이런 건가 봐, 벌써 나이가 이거……
우리 딸년은 대체 왜 그래……
동으로 서로 달리고 있는 줄 알면서도
취한 척 취해 횡설수설
마누라는 벌써 아는 눈치다
세상 말 중에서 젤 수수한 말이 횡설수설이란 걸
계산도 심판도 경우도 없이
생각나는 대로 그저 열린 말이 횡설수설이란 걸
그래, 알거라 마누라야
대낮에 귀한 술 먹고 하는 이 말,
횡설수설에는 독이 하나도 없단다
찌르는 창도 없고 벼른 날도 없단다
그래, 그냥 참거라 마누라야
이 횡설수설에 세상 짐 하나쯤은 얼추 내릴 수 있으니
아깝게 깨기 전에 실컷 떠들어보자꾸나

이리 떠들다 잠이 들면 마누라야,

이 못난이 세상 독 싹 빠진 신선될 날 멀지 않단다

이쁘구나 마누라야,

귀하구나 횡설수설이야.

소만小滿에 꿈꾸다

집을 한 채 가진다면,
닳고 야윈 이 몸, 이 숨결이나 오롯이 담을
집을 한 채 가진다면
어디든 동리 끝 높지 않은 산 아래가 좋겠지

방이야 그림자와 누워도 가득토록 조그맣게 들이고
턱 괴고 내어다 볼 창이나 하나 내어
해갈비 새벽창 두드리는 소리 청보리 실렁실렁 흔들리
는 소리
꾸물꾸물 산 내려오는 어둠의 소리나 들으며

맘 좋은 촌목수 툇마루 하나 놓아준다면
흙벽에 등 기대고 해바라기도 하고
시큰한 찬물 한 대야 떠다 발도 씻고

긴 담배 다 타도록 외로운 어느 날에는
막대기처럼 서서 비 떨어지는 모양을 보던지
쪼그려 앉아 쏟아지는 별들을 우러르겠지

하지만 나는 아직 손에 굳은살 하나 만들지 못한 백수

한 자루의 꿈도 사들이지 못했다네

만물이 자라 가득해진다는 이날에 나는 소망하네
나의 집 한 채.

행복

가을의 한복판, 모일 오후에.

하얀 파나마 해트를 쓰고, 왼쪽 윗주머니에 파란 행커치
프를 꽂은, 잘 익은 귤껍질 같은 주홍색 재킷을 검정 컬러의
흰 티셔츠에 받쳐 입었다. 스카이블루 팬츠에 까르띠에 로
고가 큼지막한 버클을 하고 하얀 백구두에 흰 양말을 맞춰
신었다. 지하철 안에서도 짙은 선글라스를 벗지 않고, 귀에
는 황금색 이어폰을 끼고 무언가 박자에 맞춰 다리를 흔들
며 연신 흥얼거리고 있다. 아무리 깎아줘도 칠순이 그리 멀
지 않을 초로의 사내였다.

아, 아, 저런 일은 묻지도 따질 것도 없는* 행복.

깨치지 못한 자는 영원히 따라할 수 없는……

* 유행했던 광고 카피에서 차용.

비의 말을 듣다

늦가을 과묵한 비
숲으로 들어가 그의 말을 듣습니다
흉중에 묵혀둔 얘기가 꽤 있는 듯
끝내 깨우치겠다는 듯
어눌한 비, 오래 옵니다
얼핏 머언 징소리 같기도 하고
무덤 아래서 울려나오던 아버지 목소리 같기도 합니다
바람이 달려와 거듭니다
어둠도 불려와 타이릅니다
나는 또다시 그때처럼 떠밀려
하는 수 없이 고개를 주억거립니다

웬 가을비가 이리도 오래 오나.

우체통을 달며

아담한 산
쳐진 귓바퀴 아래 집을 들였네
아무런 기별도 닿는 일 없이
개 짖는 소리 몇 번에 하루가 가네
어제는 적적했던 낮은 담장에
지나간 봄 그리듯 우체통을 달았네
잔설 남은 마당 쓸어 길을 내고
젖은 낙엽 개망초 쑥부쟁이 그러모아 불을 피웠네
옛일처럼
흰 타래실 풀듯 이 마음 올리면
산 너머 누군가든 읽지 않으리

고요하고 절절한 '시인'으로서의 사유의 기록
—이인구의 시세계

유성호(문학평론가, 한양대 국문과 교수)

1.

　서정시는 시인이 스스로 살아온 삶의 내력을 회상하고 성찰하는 고백과 기억의 속성을 강하게 띠는 언어예술이다. 우리가 서정시의 근원적인 창작 동기를 나르시시즘의 원리에서 찾는 까닭도 아마 여기에 있을 것이다. 이처럼 고백과 기억이라는 서정시의 가장 원초적인 원리는, 한편으로는 자신의 안쪽으로 몰입하려는 구심력으로 나타나기도 하고, 한편으로는 다양한 타자들로 아득하게 번져가려는 원심력으로 나타나기도 한다. 물론 서정시는 대상을 향한 외연적 관심보다는, 자신의 삶에 대한 기억을 섬세하게 구성함으로써 그 안에 녹아 있는 아름다운 시간을 회상하고 재현하는 일종의 내향內向 감각을 우선적 기율로 삼는다. 지나온 시간에 대한 과장된 미화美化보다는, 자신의 삶에 남은 흔적들을 추스르고 견디는 쪽에서 그러한 착상과 발화가 생성된다는 점에서, 고백과 기억은 서정시의 가장 중요한 방법적 거점이 된다고 할 수 있다.

이인구 시인의 신작 시집 『거기, 그곳에서』(천년의시작, 2017)는, 이러한 절실하고도 첨예한 고백과 기억의 과정을 들려주는 섬세하고도 잔잔한 언어의 화폭이다. 가령 우리가 서정시의 가장 본래적인 권역을 시인의 절실한 자기 확인의 과정에 둘 때, 이인구 시편은 나르시시즘 차원의 자기 몰입을 훌쩍 벗어나서, 반성적 사유까지 동반하는 자기 탐구의 한 정점을 보여준다. 물론 시인과 대상 사이의 균열과 갈등을 포착해가는 최근 시단의 흐름이 있기는 하지만, 이인구 시편은 이러한 반反동일성의 미학을 벗어나 서정시의 근원적인 재귀적再歸的 원리를 일관되게 탐구하고 실천해간다. 물론 그 안에는 시인이 희원해 마지않는 어떤 간절함과 진정성이 담겨 있는데, 그것을 가능케 하는 것 역시 이인구 특유의 성찰적 에너지라고 할 수 있다. 이는 그가 언어 생성을 통해 존재 생성을 이루어가는 과정을 지속적으로 수행해왔다는 점을 알려주는 확연한 지표일 것이다. 그만큼 기억과 성찰은, 서정시의 제일의적 수원水源이기도 하지만, 이인구 시편에서 구체성과 보편성을 동시에 환기하는 원리로 작용하고 있는 것이다. 이제 그 세계 안으로 들어가 보도록 하자.

2.

　먼저 우리는 이인구 시편을, 시인으로서의 자의식을 토로하는 과정 말하자면 자신이 시를 써가는 시인임을 확인해가는 과정으로 읽을 수 있다. 아닌 게 아니라 그의 시편은 우리에게 '시'야말로 시인 스스로 자신을 탐색하고 성찰하는 자기 확인의 속성을 강하게 띠는 예술 양식임을 선명하게 보여준다. 이는 산문 양식이 상대적으로 세계 탐구적 성격을 가지고 있는 데 비할 때, 시의 자기 탐구적 성격을 강하게 드러내는 사례로 퍽 적합할 것이다. 또한 그는 자신의 삶을 투명하게 응시하고 추스르고 반영하는 데 머무르지 않고, 세계를 해석하고 판단하는 태도까지 보여줌으로써, 자신의 시적 발화를 중층적으로 구현하고 있다. 그래서 그의 이번 시집은 매우 투명하고도 구체적인 자기 개진 과정을 드러냄과 동시에 보편적인 삶의 이치로까지 상승하려는 '시'의 직능을 비유적으로 예시하고 있다. 지난 시집들로부터 한결 더 나아간 이인구 시학의 한 진경進境이 아닐 수 없다. 먼저 다음 시편을 보자.

　　호랑지빠귀는 땅에 내려야 벌레를 잡고 고양이는 커다란
　느티나무 아래서 마냥 기다린다, 다른 길은 없이.
　　고양이가 속을 다 파먹고 깃털만 남은 껍데기가 아직 있어도
　호랑지빠귀는 다시 날개를 접고 땅에 내린다, 다른 길이 없이.

어둠이 있다, 있었다 해도
그것은 산산이 부서지기 위해 준비하는 것
상처가 있다, 있었다 해도
널 죽이지 않았다면 그것은 널 키우는 것.

아름 넘는 느티나무에 오목한 자기들만의 길을 내고야
만 개미들의 쉬지 않은 왕복 여행처럼

너 넘어진 거기, 그곳을 짚고 다시 또 다시 일어서야 하리.
　　　　　　　　　　—「거기, 그곳에서—서시序詩」전문.

　시집 표제작이라고 할 수 있는 이 작품은, 어둠과 상처를
지나 "오목한 자기들만의 길"을 걸어가는 존재자들의 장엄
하고도 아름다운 생의 원리를 통해 "넘어진 거기, 그곳"을
사유하는 흔치 않은 자기 탐구의 시편이다. 시인은 '호랑지
빠귀'와 '고양이'가 느티나무 위에서 땅에 내리고 느티나무
아래서 마냥 기다리는 길 외에는 자신의 생존 원리를 찾을
수 없음을 관찰하고 발견한다, "다른 길"은 없다. 여기서 다
시 날개를 접고 땅에 내리는 '호랑지빠귀'야말로 "다른 길"
없이 어둠과 상처를 넘어 "산산이 부서지기 위해 준비하는"
시인의 간접화한 초상일 것이다. 그렇게 "그곳을 짚고 다시
또 다시 일어서야" 하는 시인의 존재 형식이 말하자면 이번
시집을 관통하는 근원적 원리일 것이다. 이처럼 이인구 시
편은 "끝내 못한 뜨거운 말들과// 어둠을 전전하는 슬픈 노

래"(「섣달그믐」)를 통해 "적막을 깨고 나아가 다시 적막으로/
외로움을 깨고 나아가 다시 외로움으로"(「독거獨居」) 나아가되
바로 "거기, 그곳에서" 모든 것을 시작하려는 신생과 재귀
의 의지를 집중적으로 언표한다. 그 길은 자연스럽게 "세상
엔 보이던 것보다 보이지 않는 것이 많아"(「11월」)지는 과정의
은유로 다가온다. 다음 작품도 그러한 시인됨에 대한 자의
식으로 충일한 실례일 것이다.

> 먼 산 밑
>
> 적적한 집으로 우편배달부가 왔다
>
> 오래 기다린 일이라
>
> 편지와 소포가 한꺼번에 많았다
>
> 그리도 먼 곳에서 온 소식을
>
> 편히 앉아
>
> 그저 기다리면서 받은 오늘은
>
> 얼마나 행복한 날인지
>
> 나는 그간 볼 수 없었던 얼굴들이
>
> 죄다 밝게 휘날리며 웃는 모습이나
>
> 슬프고 아쉬웠던 일들의
>
> 사뿐사뿐 내려앉는 이유들이나
>
> 무엇보다도 이런저런 어린 사랑들의
>
> 서글서글한 기억들을
>
> 하나씩 하나씩 뜯어 읽고 있는데

모처럼 밝은 내 생각의 마디마디마다

　　　모처럼 맑은 내 외로움의 구석구석마다

　　　하나도 잘못 배달된 것은 없이

　　　　　　　　　　　　　　　　　—「첫눈」 전문

　"먼 산 밑/ 적적한 집"으로 찾아온 '우편배달부'는, "그리
도 먼 곳에서 온 소식"을 통해 누군가의 오랜 기다림을 위
안하고 치유한다. 물론 '우편배달부'에 의해 한꺼번에 전해
진 "편지와 소포"는 그 자체로 물리적인 것이기도 하지만,
시의 제목에서처럼 반갑게 내리는 '첫눈'의 비유이기도 하
다. 흰 종이에 싸여진 "편지와 소포"가 "그간 볼 수 없었던
얼굴들이/ 죄다 밝게 휘날리며 웃는 모습이나/ 슬프고 아
쉬웠던 일들"을 환기하는 '첫눈'과 아스라하게 겹치지 않는
가. 그렇게 첫눈 내리는 오늘은 행복하고도 아름다운 날이
어서, 시인은 "이런저런 어린 사랑들의/ 서글서글한 기억
들"을 하나씩 읽고는 모처럼 생각이 밝아지고 외로움마저
맑아지는 경험을 한다. 하나도 잘못 배달된 것은 없었다.
여기서 '첫눈'은 그 자체로 시인이 맞이하는 구체적 일상을
드러내기도 하지만, 기억과 생각을 밝고 맑게 하는 '시'의 은
유이기도 할 것이다. 그것은 "마치 어둠의 그물을 끌듯/ 물
의 문을 열어 물빛을 드러내듯"(「품」) 하는 과정을 통해 "세상
에 남은 우물을 찾아다닌 일"(「노트북」)에 의해 길어 올려진
그 무엇일 것이다. 이처럼 '호랑지빠귀/고양이/개미'와 '첫
눈'의 은유를 통해 실존적이고 낭만적인 시인으로서의 직

임職任을 심미적으로 노래한 이인구는, 다음 시편에서 가장 가파르고도 치열한 시인으로서 가닿아야 할 "거기, 그곳"을 노래하기도 한다.

나는 세상에서 제일 슬픈 신발을 보았습니다.

나는 세상에서 제일 슬픈 가방을 보았습니다.

나는 세상에서 제일 슬픈 안경을 보았습니다.

나는 세상에서 제일 슬픈 반지를 보았습니다.

나는 세상에서 제일 슬픈 머리카락을 보았습니다.

그리고 나는,
세상에서 제일 부끄러운 침묵과 세상에서 제일 무서운 무관심과 세상에서 제일 가슴 아픈 순종을 보았습니다.

그리고 나는,
벌거벗은 채 샤워실 앞 대열에 서 있는 나를 보았습니다.
배급을 기다리는 사람처럼 서 있는 나를 보았습니다.

오슈비엥침,
사람, 사람, 사람들 사이에서

등을 찌르고 심장을 끄집어 낼 틈을 노리는

버젓이 살아 있는 저 아비阿鼻! 규환叫喚!

—「오슈비엥침」 전문

　'오슈비엥침'은 아우슈비츠 수용소가 있었던 폴란드 도시
라고 한다. 일찍이 아도르노(T. W. Adorno)는 "아우슈비츠
이후 시를 쓴다는 것은 야만적"이라고 갈파한 바 있지만, 그
만큼 인류의 뇌리에 아우슈비츠는 잔혹의 한 극점으로 남아
있다. "거기, 그곳"에서 이인구는 세상에서 제일 슬픈 "신
발"과 "가방"과 "안경"과 "반지"를 본다. 누군가의 소중한 일
상을 구성했을 이 사물들은 이제 일상을 넘어 역사의 상징으
로 몸을 바꾸었다. "세상에서 제일 슬픈 머리카락"에서 그
구체성은 확연히 점증漸增한다. 그리고 "세상에서 제일 부
끄러운 침묵과 세상에서 제일 무서운 무관심과 세상에서 제
일 가슴 아픈 순종"에 이르면 그 '침묵/무관심/순종'이 인류
모두의 빚이자 시인 스스로 가지는 윤리적 자의식임을 우리
는 알게 된다. 그 순간, 벌거벗은 채 샤워실 앞 대열에 서
있거나 배급을 기다리는 사람처럼 서 있는 자신의 환각은,
"사람, 사람, 사람들 사이에서/ 등을 찌르고 심장을 끄집어
낼 틈을 노리는/ 버젓이 살아 있는" 아비규환의 혼돈을 부
끄럽고 무섭고 가슴 아프게 바라보는 시인의 궁극적 초상이
기도 할 것이다. 그렇게 이인구는 시인으로서의 윤리적 감
각을 자신의 가장 중요한 존재 형식으로 사유해간다. 그러
니 "그곳이, 그 사람들이,/ 그리고 그들의 말과 꿈들이 푸

르러진다면"(『물푸레나무』) 아마도 이인구 시편의 종착지는 바로 "거기, 그곳"이 될 것이다.

이처럼 우리는, 이인구 시편이 은은하게 빛나는 고백과 기억을 통해, 자기 분식을 통한 과장된 자기 폭로와는 다르게, 우리의 기억 속에 오래 깃들일 것이라고 믿게 된다. 그것은 시인으로서 가지는 실존적, 낭만적, 윤리적 감각과 사유로 가능해지는 어떤 차원일 것이다. 이번 시집에서 시인은 이러한 진정성이 담긴 투명한 공감과 기억을 통해 시인으로서 가질 법한 고백적 자의식을 강렬하게 드러낸다. 그러니 순결한 '첫눈'처럼 찾아온 그의 이번 시집이, 아름다우면 아름다운 대로, 아프면 아픈 대로, '시인 이인구'를 새롭게 생성하고 만들어가는 귀한 과정으로 다가오지 않겠는가.

3.

우리 시대를 특징짓는 원리 중 으뜸은 속도를 둘러싼 어떤 이미지일 것이다. 유례를 찾아볼 수 없을 정도의 초고속 변화를 치러낸 우리 사회는, 그 속도에 비례하여, 오랜 감각과 경험 속에 보석처럼 존재하고 있던 사물이나 관념들을 낡은 것들로 치부해버렸다. 그 결과 이제는 새로움 자체가 물신화되는 차원에까지 이르렀고, 우리는 매우 단기적인 패러다임의 교체에 익숙해지게 되었다. 그러니 자연스럽게 우리가 지금 퍽 유용하게 활용하고 있는 양식이나 개념, 패턴 등도 얼마 못 가서 곧 낡아 사라져갈 것이 아닌가. 그 점에서 사라짐의 속도에 대항하고 그것을 반성하는 사유의 움직임은, 그 자체로 우리 시대의 서정시가 수행해가야 할 중요한 몫이 된다. 이인구 시학은 고요하고 느리고 자기 충족적인 심미성으로 그러한 원리를 드러내는데, 그러한 원리를 구현하는 대표적 상징으로 시인은 '집'을 세워가고 있다.

산이 듣는다, 나를

산을 듣는다, 내가

내 집은 산을 보고 앉아

내 집은 산을 보고 마주앉아

새들을
나무들을
풀꽃들을
바람 소리를 듣는다

나는,
등 뒤에 너른 세상을 두고

─「집」 전문

이 고요하고도 잔잔한 '산'과 '나'의 상호 경청과 공명의 과정은, 시인으로 하여금 자신의 "집"이 산을 보고 마주앉아 있음을 알게끔 한다. 그러니 그 '집'에서 시인은 "새들을/ 나무들을/ 풀꽃들을/ 바람 소리를" 들으면서 "등 뒤에 너른 세상을 두고" 있게 되는 것이다. 이 시편은 외따로운 곳에 '집'을 마련한 시인의 평화로운 일상을 노래한 것이기도 하지만, '집=시집'의 내용이 이러한 자연 사물과 소통하고 융화함으로써 더욱 "너른 세상"으로 나아가는 과정을 보여준다는 점에서 겹의 상징적 의미를 두르고 있다 할 것이다. 이때 "너른 세상"의 반대편에는 아마도 기억 속에서 퇴화해가는 일상의 분주함과 환멸이 존재할 것이다. 바로 그러한 상像과 반대편에서 시인은 과거로부터 절연된 현재가 아니라, 과거는 물론 미래적 비전까지도 포괄하는 '충만한 현재형'으로 '집'을 관찰하고 표현한다. 그러니 그 '집'을 세워가는 것은 비록 "누추한 심연이 다 드러나는 일"(「우도 국화빵」)일지라도, 그 안에는 시인이 "겨우내 비워진 내 맘의 빈 그릇"(「봄」)으로 "마땅한 말을 찾으려 애쓰던"(「그리운 시냇가」) 시간이 담겨 있는 셈이다. 다음 '집'은 어떠한가.

집을 한 채 가진다면,
닳고 야윈 이 몸, 이 숨결이나 오롯이 담을
집을 한 채 가진다면
어디든 동리 끝 높지 않은 산 아래가 좋겠지

방이야 그림자와 누워도 가득토록 조그맣게 들이고
턱 괴고 내어다 볼 창이나 하나 내어
해갈비 새벽창 두드리는 소리 청보리 실렁실렁 흔들리
는 소리
꾸물꾸물 산 내려오는 어둠의 소리나 들으며

맘 좋은 촌목수 툇마루 하나 놓아준다면
흙벽에 등 기대고 해바라기도 하고
시큰한 찬물 한 대야 떠다 발도 씻고

긴 담배 다 타도록 외로운 어느 날에는
막대기처럼 서서 비 떨어지는 모양을 보던지
쪼그려 앉아 쏟아지는 별들을 우러르겠지

하지만 나는 아직 손에 굳은살 하나 만들지 못한 백수
한 자루의 꿈도 사들이지 못했다네

만물이 자라 가득해진다는 이날에 나는 소망하네
나의 집 한 채.

—「소만小滿에 꿈꾸다」 전문

'소만小滿'은 햇볕이 풍성하고 만물이 점차 생장하여 가득
찬다는 의미를 가진 절기이다. 이때부터 여름 기운이 생동
하기 시작하는데, 시인은 그 소만에 "닳고 야윈 이 몸, 이

숨결이나 오롯이 담을/ 집을 한 채 가진다면" 하고 꿈을 꾼
다. 그 점에서 이 시편은 그 "나의 집 한 채"가 어떤 집이어
야 하는지를 탐구해 들어가는 일종의 메타시편이기도 하다.
그 '집'은 앞의 시편에서처럼 사람과 산이 서로 공명하며 새
와 나무와 풀꽃과 바람 소리가 자유롭게 드나드는 집일 것이
다. 이번에 시인은 "어디든 동리 끝 높지 않은 산 아래"에 있
을 그 '집'을 일러, "해갈비 새벽창 두드리는 소리"와 "청보
리 실렁실렁 흔들리는 소리"와 "꾸물꾸물 산 내려오는 어둠
의 소리"를 들을 수 있고, 가끔씩 "흙벽에 등 기대고 해바라
기도 하고/ 시큰한 찬물 한 대야 떠다 발도 씻고" 하는 역시
고요하고 잔잔한 삶을 가능케 하는 신성한 거처가 될 것임을
암시한다. 어느 외로운 날, 아마도 시인은 그 '집 한 채'에서
내리는 비와 쏟아지는 별을 보면서, 그것이 "마지막 한 송이
의 고고함"(「12월, 2016년」)임을 누려갈 것이다. 그리고 평생 동
안 "한 자루의 꿈"도 사들이지 못했던 자신을 바라보고 또 바
라볼 것이다. 그 "꿈은 언제나 살얼음"(「꿈」)이었지만, 우리는
바로 그 순간, 역설적으로 그의 "등 뒤에 너른 세상"이 열려
가는 것을 보게 되지 않을까 한다.

　이처럼 이인구 시인은 우리의 삶이 고요한 자기 침잠과
관찰의 과정을 결여하고 있음을 비판적으로 사유하면서 그
야말로 '오래된 미래'를 꿈꾸어간다. 이때 그만이 가지는 기
억의 강렬함은 주체의 근원과 정체성을 확인하고자 하는 이
른바 '동일성의 미학'이 그의 시편 속에 강렬하게 살아 있음
을 증명하는 것이기도 하다. 또한 근원적 가치가 결핍된 현

재를 탈환하고 복원하는 또 다른 방식으로, 우리가 마땅히 지어가야 할 '집'을 암시하기도 한다. 이때 이인구 시인은 세계를 고요하게 안아들이면서, 동시에 가장 아름다운 시인의 존재론을 노래해 갈 것이다.

4.

앞에서도 암시하였듯이, 서정시가 추구하고 완성해야 할 중요로운 몫 가운데 하나는 사라져가는 기억들, 흔적들, 가치들에 대한 언어적 복원에 있을 것이다. 사라져가는 것들을 대체하고 나선 자본의 폭력성이나 새로움의 물신화에 대항하여, 저 1930년대의 백석이나 1970년대의 미당이 그리하였듯이, 잊혀진 사물과 사람을 재현하여 거기에 순금의 정채精彩를 씌우는 일은 서정시가 담당해야 할 더없이 중요한 역할이 아닐 수 없다. 이 점에서 서정시는 근본적으로 주체의 '기억의 현상학'으로 나타난다. 물론 그것은 분리가 아니라 통합의 원리에 의해, 선조적線條的 형식이 아니라 풍부한 역류의 형식에 의해 가능한 일일 터이다. 이인구 시인 역시 기억 속에 존재하는 강렬한 빛으로 자신의 삶을 되쏘며 살아가는 지향을 일관되게 보여준다. 그러나 그는 한시적 기억에 머무르지 않고 그것을 삶의 보편적 가치로 전이시키는 상상력을 견지함으로써, 경험적 직접성에 매몰되지 않으면서 기억의 현재적 구성력과 삶의 보편성을 구현해간다. 그 상징적 표지標識가 '별'이라는 이미지로 등장한다.

세상 물리를 깨우쳤는지
별들도 씨알이 작아져

대한大寒 찰진 추위에
성긴 별들이 뚝뚝 떨어진다

낮에는 까마귀 울던 잣나무 아래 서서
빈 잣송이처럼 서성거리며
바스락 소리도 없이 스러진
내 지난 시간들을 뒤적거리고 있었지만

별이 떨어지는 곳엔
가물가물한 모습에도
어김없이 어떤 사랑이 새겨져
별을 보는 눈이
영문 모르는 어린 상주喪主처럼 촉촉하다

별을 올려다보면
그때 그 사람, 그때 그 일들이
오래된 비석처럼 말없이
별마다 그려져 있어

이런 밤은 나무들도 잠들지 못하고
굳은 뼈마디 펴며 귀를 여느라 분주하다

내일 아침이면
간밤 들은 얘기 재잘대느라
계곡 시내가 아주 시끄러울 것이다

— 「산음山陰에서 별을 보다」 전문

이 아름다운 시편은 '산음'이라는 고요하고 맑은 곳에서
세상 물리를 깨우쳐 씨알이 작아진 '별'을 통해 "바스락 소
리도 없이 스러진/ 내 지난 시간들"을 성찰하고 있는 시인
의 모습을 잘 보여준다. 성긴 별들이 뚝뚝 떨어지는 곳에서
누군가는 "영문 모르는 어린 상주喪主처럼 촉촉"한 시선으로
사랑이 새겨져 있는 별을 바라보고, 누군가는 "그때 그 사
람, 그때 그 일들이/ 오래된 비석처럼 말없이/ 별마다 그려
져" 있음을 바라볼 것이다. "굳은 뼈마디 펴며 귀를 여느라
분주"한 나무들도 이에 화답하면서 "어떤 사랑"과 "오래된
비석"처럼 남아 계곡 시내로 흘러갈 것이다. 여기서 '산음山
陰'이란 휴양림이 있는 현실 공간이기도 하지만, '산 그림자'
라는 말뜻처럼 그늘지고 외로된 시인의 '집'을 함의하기도
할 것이다. 그렇게 '산음=산 그림자'에서 바라본 '별'의 이미
지는 한편으로는 "소문만 남기고 사라진 첫사랑"(「홍옥-SW
에게」)처럼 아름답게, 한편으로는 "광활을 거느린 활공의 시
간"(「초원에서 부르는 노래」)처럼 넓고 깊게 이인구 시집을 채워

가고 있다. 그렇게 '별'은 이인구 시편의 핵심 이미지로 자리를 잡으면서, 다음과 같은 절편絶篇으로 이어지기도 한다.

해 진 하늘에 늘 별이 가득한 시절이 있었다.

그려놓은 외등처럼 달이 별들의 배경으로 떴던 그 시절에는 집집 평상마다 별이 하룻밤에도 여남은 개씩은 떨어져 마을마다 면마다 군마다 떨어지는 별들을 다 주워 담을 수도 없었다.

사람의 눈에도 개의 눈에도 소의 눈에도, 눈이란 눈엔 모두 별들이 한두어 개쯤은 담겨져 있었고, 절절 끓는 아랫목에도 자리끼 어는 윗목에도 쥐 뛰는 광에도 빈 쌀독에도 별은 몇 개씩 떨어져 숨어 있었다.

그 시절에는 별로 하여 촌수가 다 엇비슷했던지 별을 쳐다볼 때쯤이면 고파왔던 뱃구레처럼 슬픔이든 기쁨이든 사는 일이 하나같이 유난스러울 것이 없었다. 시샘도 하고 뒷말도 하고 다투기도 했지만 사는 일이 도저히 풀 수 없이 복잡하지도, 다시 보기 힘들도록 험상궂지도 않았다. 그랬다, 아무 때고 맘만 먹으면 우린 서로의 눈에 담긴 별을 알아볼 수 있었으니까.

나는 이 나라의 어느 곳, 어느 누가 먼저 별을 팔아 등을 내달기 시작했는지, 부지기수처럼 많은 별들을 누가 다 사주었는지 아직도 알지 못하지만 별을 지키는 것보다 내다파는 일이 얼마나 빨랐는지는 알고 있다.

그저 밤이면 별을 쳐다보던 내가 내 아버지처럼 아버지

가 되는 사이에 하늘의 별은 재고가 별로 남지 않고 이런저런 크기의 등만이 삼시 사방에 늘어나버려, 내 아들은 별을 볼 수도 없거니와 보고 싶어 하지도 않고, 아마 별을 알지도 못하는 듯하다.

　　이렇게 낮고 낮 뜨거운 불빛들이 저리도 높고 아름다운 별빛을 다 가릴 줄은 처음 등을 내건 아버지들도 알 순 없었겠지만, 제 별 하나도 갖지 못한 눈들만 부릅뜬 세상을 어찌 하려는지, 내 아들의 아들이 곧 나오려 하는 때라 나는 별이 듬성듬성한 밤에는 도무지 잠을 이룰 수가 없다.

―「별」 전문

비록 긴 시편이지만, 여기서 우리가 버리거나 줄일 구절은 하나도 없다. 시인은 오랜 기억 속의 '별'을 '아버지-아들' 관계의 시각을 불러내고 있는데, 그야말로 그때는 "해진 하늘에 늘 별이 가득한 시절"이었다. "외등/평상"의 배경 속으로 "하룻밤에도 여남은 개씩은 떨어져 마을마다 면마다 군마다 떨어지는 별들"은 지난날에 대한 낭만적 회상을 가능하게 하는 대표적 형상이다. 그것들을 다 주워 담을 수도 없었던 시절, 사람과 개와 소의 눈에도 모두 별들이 한두어 개쯤은 담겨져 있었던 시절, 사람들은 슬픔이든 기쁨이든 살아가는 일이 유난스럽지 않게 다가왔다. 일상에서 겪는 정서적 갈등이나 시샘이나 뒷말도 그렇게 크지 않았다. 여기서 시인은 "별을 팔아 등을 내달기 시작"한 이들과 "별을 지키는" 이들의 대조 속에서 "밤이면 별을 쳐다

보던 내가 내 아버지처럼 아버지가 되는 사이"에 하늘의 별이 사라져가고 "내 아들은 별을 볼 수도 없거니와 보고 싶어 하지도" 않게 되었음을 노래한다. 그렇게 "별을 알지도 못하는" 세대를 향한 연민의 목소리를 통해 시인은 "이렇게 낮고 낮 뜨거운 불빛들이 저리도 높고 아름다운 별빛을 다" 가려버린 "제 별 하나도 갖지 못한 눈들만 부릅뜬 세상"을 자성自省하고 있다. 이 적막한 세대론世代論 앞에서 시인은 비록 "홀로되어/ 걱정만 많아진 늙은 농부"(『아버지, 세상의 모든』)이셨던 아버지도 "파破할 수 없는 가계家系"(『문득』)의 신성한 원천이었음에 상도想到하게 되는 부가적 소임을 다하게 된다. 이렇게 별이 듬성듬성한 밤에 잠을 이루지 못하는 시인의 마음은, 정말 "어떤 사랑"이 "오래된 비석"처럼 선명하게 남아 있는 천상의 상징적 표지를 잃어버린 세대에 대한 안타까움을 표현한 것이다. 이때 시인은 "부끄럽고 죄송하고 불안하여/ 여러 날 잠을 이루지 못하는"(『농업』) 모습으로 "전전輾轉, 한 줄// 반측反側, 한 줄 마음에 써내려가다"(『시인詩人의 밤』) 아침을 맞을 것이다. "그 어떤 시인도 시 한 줄 쓸 수 없는 그런"(『부끄러운 밤』) 밤을 보냈으니까 말이다.

일찍이 파스(O. Paz)는, 시의 시간을 유년의 시간이자 원초적 시간이라고 말한 적이 있다. 특별히 오래된 유년을 향한 기억은 인간의 자기동일성에 지속적 영향을 끼치는 가장 원초적인 시간적 힘이 아닐 수 없다는 점에서, 이인구 시편은 유년의 기억이 곧 시의 유년임을 선연하게 보여준다. 그래서 우리는 그의 언어가 순수 원형의 재현과 변형으로 이루어졌다고 말해도 틀리지 않을 것이다. 이렇게 이인구 시인은 심미적인 '시의 유년'을 두고, 시세계의 원형이면서 동시에 지금도 시적 갱신을 돕는 도반道伴으로 삼고 있는 것이다. 원래 원체험이 가장 오랜 기억에 머물러 있으면서 지속적으로 시인의 행위나 감각에 영향을 주는 기억의 기원이라는 점에서, '별'의 상상적 이미지는 이인구 시인에게 이러한 원체험으로서의 속성을 간단없이 부여하고 있는 셈이다. 그렇게 우리는, 이인구 시인의 시적 경험이, 선명한 기억에 의해 선택되고 구성되고 재배열되는 원체험의 변형 과정이라 말할 수 있을 것이다.

5.

다음으로 우리가 만나게 되는 대상은 이인구 시인이 각별하게 정성을 기울여 쓴 '부석사' 연작이다. 이 시편들에서 시인은 눈 밝은 견자見者로서의 몫을 지속적으로 수행해간다. 그것은 가장 먼저 자신의 존재 조건이기도 한 언어에 대한 자의식의 한켠을 선보이는 것으로 나타난다. 말하자면 시인은, 사물이나 내면을 온전히 묘사하고 드러내는 언어의 가능성보다는, 그 너머 존재하는 것들에 대한 탐색을 통해 온전한 시적 비의秘義를 암시하고 있다. 그 점에서 충남 서산 소재의 '부석사'는 시인이 오래도록 꿈꾼 신성한 거처로서의 '집'의 파생적 변형 형상이기도 할 것이다.

　장엄을 내걸지 않은 곳

　절집은 소처럼 편히 누워
　먼 바다에 뜬 검은 돌을 마주볼 뿐
　누백 년 어떤 이름으로라도 나선 적이 없는

　바람이 불면 풍경 소리
　삶을 꾹꾹 눌러 부르는 눈먼 처자의 노래로 떨어져
　절 마당엔 경經이 그려지고

　바다는 안개를 밀고
　산은 안개를 잡아당겨
　아랫도리를 감춘 산이 새가 되어,
　온갖 새들의 날개를 모아
　밤새 태운 향처럼 하늘을 오르는 곳

　몸 가벼이 공양하며
　묻어둔 일 아직 많은 그대를 생각하네
　꽃 다 지면 텅 빈 마음이 얼마나 어두울까

　거칠고 억셌던 옛날처럼 함께
　큰 붓 오롯이 휘둘러

한 글자 한 글자 다시 내릴 수 있다면

펼쳐진 흰 무명천 같은
그대를 부르고 싶은 이곳
　　　―「도비산島飛山 부석사―부석사초浮石寺抄 1」전문

　　이 고요하고도 깊은 시편은 "장엄을 내걸지 않은 곳"이지
만 "소처럼 편히 누워/ 먼 바다에 뜬 검은 돌을 마주볼" 시
간을 허락하는 '도비산島飛山 부석사' 경험 시편이다. 오래도
록 "어떤 이름으로라도 나선 적이 없는// 바람"은 절집 마당
에 "경經"으로 떨어져 그려지고, 바다는 산과 안개가 어우
러지는 풍경을 통해 그곳을 "산이 새가 되어,/ 온갖 새들의
날개를 모아/ 밤새 태운 향처럼 하늘을 오르는 곳"으로 만
든다. 바람이 불면 들리는 '풍경風磬' 소리와 바다와 산과 안
개와 새가 어울리는 '풍경風景'은 그 자체로 시인에게 "큰 붓
오롯이 휘둘러/ 한 글자 한 글자 다시 내릴 수 있다면// 펼
쳐진 흰 무명천 같은/ 그대를 부르고 싶은 이곳"의 시청각
경험을 온전하게 허락한다. 그리고 시인은 "몸 가벼이 공양
하며/ 묻어둔 일 아직 많은 그대"를 생각하면서 꽃 다 지면
그 마음이 얼마나 어두울까를 생각한다. 그 애잔하고도 깊
은 마음이 시인으로 하여금 "내 사랑은 사랑, 그 하나뿐"(「코
뿔소」)임을 노래하면서 "사랑이/ 슬그머니 문 열고 들어서/
마음을 헤집곤 가뭇없이 사라진"(「청자색靑瓷色」) 시간을 바라
보게끔 하는 것이다.

우리가 어떤 대상이나 사물을 상상하는 데에는 필연적으로 언어의 매개를 거치게 된다. 대상의 언어화를 통해 대상의 본체가 드러나기 때문이다. 그러나 우리는 비非언어적 마음을 유지하려는 또 하나의 지향을 가지고 있는데, 그것이 바로 '언어를 비껴간 언어'로서의 고요 혹은 침묵일 것이다. 그리고 그것은 명상적 사유의 한 형태로 몸을 바꾸면서, 언어를 통해 사물의 본체에 다가가되 언어의 한계를 벗어나 명상 상태에 이르고자 하는 지향으로 이어져간다. 우리는 고요의 중심으로 귀를 기울이려는 이인구 시인의 모습을 통해 이러한 시의 비언어적 지향을 흔연하게 만나게 된다. 그래서 시인은 "고매한 적정寂靜도 이길 수 없는 대승大乘의 소란"(「밤—부석사초浮石寺抄 5」)을 느끼면서도 "풍경에 나른하게 업혀간 두어 마장 시간"(「정물靜物—부석사초浮石寺抄 6」)을 누릴 수 있었을 것이다. 고요하고 크고 융융하다.

서산 부석사에 가면 의자가 참 많습니다
웃는 눈만 그리면 넉넉한 보살이 될 듯한 둥그런 돌의자도 있고
바싹 마른 노스님 등뼈 같은 나무 의자도 있고
자른 나무 밑동 그대로의 충직한 머슴 같은 생나무 의자도 여럿 있고요
찻잔 하나 놓기도 수줍은 대충 짠 탁자와 한 짝인 긴 의자까지 있어요
빈 기와 회랑에는 인심 좋게 걸터앉을 널빤지를 이어놓기

도 했지요

어떤 의자는 누구나 좋아하는 너른 평야와 바다를 보도록
놓여 있고요

어떤 의자는 바투 다가선 산을 보게 돌려 놓인 것도 있어요

그렇지만 정말 마음 씀씀이가 넓은 의자들은 그저, 내 맘대로

바로 앉으면 바다요, 돌려 앉으면 산이 되게 놓여 있지요

누구일까요

말없이 떠메고 온 갖가지 한숨을 내려놓을 수 있도록,

간곡한 마음을 이렇듯 여러 모양으로 흩어놓은 사람은

―「의자-부석사초浮石寺抄 2」전문

이번에 시인은 부석사에서 발견하는 수많은 '의자'에 주
목한다. 그 세목은 앞에서 말한 '언어를 비껴간 언어'의 은
유적 분신들로 다가오고 있다. 그 '돌의자/나무 의자/생나
무 의자'의 형상은 "넉넉한 보살"처럼, "노스님 등뼈"처럼,
"충직한 머슴"처럼 부석사의 신성한 기운을 환기하는 쪽으
로 비유적 심상을 거느려간다. 여기서 "찻잔 하나 놓기도 수
줍은 대충 짠 탁자와 한 짝인 긴 의자"는 시인 자신의 은유
적 분신일 것이다. 그리고 이어서 장삼이사張三李四 격의 의
자들이 수없이 등장하는데, 그것들은 "너른 평야와 바다"를
보게끔 놓이기도 하고, "다가선 산"을 보게끔 놓이기도 하
고, "그저, 내 맘대로/ 바로 앉으면 바다요, 돌려 앉으면 산
이 되게 놓여" 있기도 하다. 여기서 시인은 "말없이 떠메고

온 갖가지 한숨을 내려놓을 수 있도록, / 간곡한 마음을 이렇듯 여러 모양으로 흩어놓은 사람"을 불러봄으로써, 어떤 초월적 존재가 "넉넉한 수평도 아닌 수직"(『잠자리』)의 힘으로 의자들의 "깔끔한 간격"(『예의』)을 설계하고 배치함으로써 부석사 풍경을 완성했음을 실감하고 있다. 이래저래 고요하고 심원한 풍경과 마음이다.

산사에 종일 비가 오붓하게 내렸습니다.

삼칠 전에 병든 아기와 같던 공양간 옆 고추 모종들이 귀를 쫑긋 올리고 허리를 바짝 폈습니다. 상추잎도 기지개를 켜고 잠에서 깼습니다.

극락전 뒤 숲에선 바야흐로 연초록 새잎들이 와자지껄 까불며 뾰족히 뾰족히 앞다투어 하늘로 뛰어오르고 있습니다.

분홍 분 바르고 농염하게 흔들리던 겹벚꽃들이 비를 머금어 가지가 땅에 끌릴 것 같습니다. 풍만하던 꽃살이 그만 무거워졌습니다.

담장 아래선 라일락, 계단참에선 영산홍이 갸웃 얼굴을 씻고, 일찍 피어 지쳐가던 수선화 할미도 회춘한 듯 다시 노랗게 웃습니다.

마음이 초록 새잎처럼 명랑합니다. 꽃처럼 환합니다.

아랫마을 갈아놓은 논 사이로 빗물 스미는 소리가 절집까지 살랑살랑 들려오는 듯합니다.

저녁공양 한술 급히 뜨고 나아가, 겹벚꽃 가지를 하나하

나 흔들어주었습니다. 숨었던 빗방울들이 푸드득푸드득 날
갯짓하며 날아갑니다. 흔들어줄 때마다 가지가 조금, 아주
조금씩 올라갑니다.

　몸 가벼워진 꽃들이 웃고 있습니다.

　세상이 다 가벼워지고 있습니다.

　　　　　　　─「비가 온 오후─부석사초浮石寺抄 4」 전문

　시인은 산사에 종일 내리는 비를 통해 사물들이 신생의
기운을 얻어가는 과정을 그리고 있다. 고추 모종이나 상추
잎이 귀를 올리고 허리를 펴고 기지개를 켜고 잠에서 깨어
난다. 연초록 새잎들도 앞다투어 하늘로 뛰어오르는 순간,
시인은 흔들리던 "겹벚꽃들"이나 "라일락"이나 "영산홍"이
나 "수선화"도 웃는 풍경을 연쇄적으로 시의 카메라에 담는
다. 비가 온 오후는 그렇게 물활적 수선스러움으로 그득하
다. 이때는 아마도 "먹는 일이 기도가 되기도 하는"(「잔치국
수」) 순간이었을 것이다. 그러자 시인의 마음도 어느새 초록
새잎처럼 명랑하고 꽃처럼 환해진다. 이 풍경과 마음의 물
심일여物心一如 과정은 이인구 시편의 유력 원리로서, 멀리
는 "아랫마을 갈아놓은 논 사이로 빗물 스미는 소리"를 듣
게끔 하기도 하고, 가까이는 "저녁공양 한술 급히 뜨고 나
아가, 겹벚꽃 가지를 하나하나 흔들어"보게끔 해주기도 한
다. 세상이 가벼워지는 순간을 잡아채면서 이인구 시인은
그렇게 "인내를 끝내 잘 비워진 것"(「느티나무─부석사초浮石寺抄
7」)의 형상을 담아내면서 "먼 듯,// 지척인 듯// 왔다가,//

다시 간 듯"(「는개 – 부석사초(浮石寺抄) 3」)하는 자연 사물의 위의威儀를 깨끗하고 투명하게 드러내고 있는 것이다.

지금까지 우리가 천천히 읽어온 것처럼, 이인구의 이번 시집은 선형적 도식이나 선명한 대립 구도構圖가 소리 없이 무너지면서 다양한 타자들이 한데 어울려 웅성거리는 수평적인 풍경을 보여준다. 가령 우리는 그 안에서 삶과 죽음, 빛과 어둠, 생성과 소멸 같은 것들이 선명하게 분절되는 것이 아니라, 한 몸으로 묶이면서 사물과 운동을 규율하는 복합적 속성으로 드러나게 되는 것을 경험하게 된다. 사물들의 반짝이는 아우라Aura를 순간적으로 드러내면서도, 그것을 삶의 보편적 형상으로 형상화하여 사물과 내면 혹은 현실과 기원(origin)의 접점을 언표하는 그의 언어는 그 점에서 단연 풍요롭고 은은한 빛을 뿌린다. 그 접점이야말로 우리들 삶에 배인 폐허의 분위기를 치유하고 새로운 상상력을 추구하게 하는 형질이 되어줄 것이다. 이는 회감回感의 상상력을 견지하면서 우리가 나아가야 할 새로운 삶의 태도를 암시하는 '시'의 본래적 기능을 극대화한 결과이기도 할 것이다.

이인구 시학은 이러한 시의 문법을 충실하게 지켜가면서, 삶의 근원적 구경究竟에 대한 탐색과 표현을 가멸차게 보여준다. 이러한 상상적 전회轉回를 통해 우리는 딱딱하게 고형화되어 있던 감각과 사유를 갱신하면서, 다른 차원의 감각과 사유로 천천히 이월해갈 수 있을 것이다. 그 점에서 이인구의 세 번째 시집은, 은은한 고백과 기억을 통한 진정성의 시학, 혹은 고요하고 절절한 '시인'으로서의 사유의 기록이라고 규정할 수 있을 것이다. 그리고 그 기억의 밀도와 영혼의 깊이는, 더욱 심미적인 언어와 사유와 감각을 얻어가면서, 이인구 시인의 다음 시집으로 이어져갈 것이다.